Algo que nadie hizo

ſ

Matías Aldaz

ALGO QUE
NADIE HIZO

las afueras

ISBN: 979-13-991311-1-6
Depósito Legal: B 5233-2026

Dirección editorial: Magda Anglès y Francisco Llorca
Diseño de la colección: Hermanos Berenguer
Maquetación: María O'Shea
Producción: Bet Nel·lo
Comunicación: Manuela Palazuelos
Corrección: Maitane Dóniz
Imagen de cubierta: *Fontainebleau Forest*, Eugène Cuvelier, ca. 1860

Impreso y encuadernado en Kadmos en papel proveniente de fuentes
manejadas de forma responsable, tanto ambiental como socialmente.
Printed in Spain – Impreso en España

Para Lorenzo,
que adora los árboles, las flores y la lluvia.

Verde gris, verde brillante, rojo toro, sangre adelante.

EL MENSÚ, RAMÓN AYALA

La vez que cruzamos el túnel subfluvial, Mai lo filmó con la superocho. Era nuestro primer viaje con Luriel. La cinta empieza segundos antes de entrar, se ve la rampa y, reflejada en la ruta, la sombra en forma de escalera que hace el techo ahuecado. Pero enseguida todo se vuelve oscuro, sólo se ve un aura amarillenta que da un sentimiento de ahogo. Yo manejaba y Luriel iba parado entre los dos asientos delanteros. Recuerdo que me preguntó qué haríamos si el túnel se desfondaba justo cuando íbamos por el medio. Luriel tenía cinco años. Nunca va a pasar eso, le contesté y toqué un bocinazo largo que tronó igual que una bomba.

Lo único que tengo cerca es la mansión de los Coria. Los Coria fueron, me enteré mucho después, los que mandaron a hacer la callecita que pasa frente a mi terreno. La callecita lleva directo a la ruta pavimentada que, allá lejos, después de cruzar varios pueblos, conecta con la autopista nacional. Porque parece que ellos, los Coria, sí sabían, aunque jamás se lo dijeron a nadie, lo que iba a pasar en el pueblo, si no, no se explica cómo empezaron a hacer una mansión en este lugar y tanto tiempo antes, yo calculo que no menos de un año y medio de que se empezara siquiera a saber algo. Además, la mansión que se hicieron es tan descomedida, con balcones, altillos, techos con tejas de caucho, terrazas. En la entrada tiene una escalera de mármol de dos metros, y una puerta grande como para meter un tractor sin problemas. Encima, adelante de la casa le hicieron una rotonda, y en el medio le pusieron una fuente con la estatua de una mujer desnuda apuntando al cielo.

Florbela eligió irse con Emilia a Colonia Aarau, como hizo la gran mayoría con la plata que le pagaron por sus viviendas. Colonia Aarau tenía todo lo que no tenía nuestro pueblo, siete bancos, todas las calles asfaltadas, los piletones distritales, el centro comercial con negocios de lo que fuera, dos cárceles, una de ellas, la más segura del sur, cuatro estadios cubiertos para los torneos de schwingen, siete sanatorios y la clínica con especialidades, once colegios, uno más riguroso que el otro, cuatro comisarías, veintidós Juzgados de Paz y muchas dependencias departamentales alrededor de la plaza principal Johanna Spyri, y sobre todo tenía mucho barullo. Lo que sí no tenía era un río. Otros eligieron irse a Colonia Bülach de la Cascada de Montaña, que sí tenía un arroyito de agua marrón y pesada, pero que no había ni cascada ni montaña, es un distrito plano a más no poder. Colonia Bülach de la Cascada de Montaña está muy cerca de Colonia Aarau. También algunas familias, no más de diez, se fueron a Colonia Suhr, que queda a ciento cinco kilómetros, más o menos. Colonia Suhr es un pueblo dónde la gente vive exclusivamente de la producción de agua potable.

Unos meses después de venirme acá me puse a trasplantar árboles. Ya en esa época era algo difícil de hacer. En Colonia Aarau llegué a conocer al botánico Arnoldo Goldi, él tenía un método novedoso, decía que daba resultados en todo el mundo. Nos juntamos dos o tres veces. La última tarde que lo vi me regaló un libro sobre la historia y sobrevivencia de los árboles: *La mesopotamia yukerí*. Más de quinientas páginas, tapa dura, marrón, las letras del título en dorado y con relieve.

Me traje muy poco de la casa que tenía en el pueblo. En los días anteriores a la mudanza regalé los muebles, la ropa, la vajilla que no necesitaba, las sartenes y ollas que no había ocupado ni una sola vez en los últimos diez o quince años. Al ropero se lo llevó Florbela, la mujer de mi hijo. Esa tarde cuando hizo su mudanza, el camión paró frente a casa y lo subieron. Pero ella también quiso llevarse el aparador que había sido de mis padres, y el juego de living que le había prometido a los Peña, que vivían al lado. No era momento para decirle que no a Florbela. A los Peña les fui con la verdad: se lo llevó la mujer de Luriel, les dije. Podría haberle inventado que me lo quedaba, que al final me iba a servir, pero no, les conté la verdad. Sólo me traje la heladera, que era bastante chica y que entró justo en la nueva cocina. A la ropa la puse en la única valija con la que me quedé. Y siguió ahí durante dos años.

Viajé por todo el distrito buscando los escasos árboles que había. Muy de a poco a este lugar de sol y silencio donde estoy le empezó a aparecer algo de oscuridad y de ruido.

La primera vez que vino Sanjuán, el único que hacía pozos en el pueblo, me preguntó, apenas llegó, si sabía de alguien con agua en la zona. Sí, le dije, los Coria, de acá se ve la mansión, ellos tienen agua. El hombre levantó la vista, miró hacia el lado de la mansión y dijo ajá. Yo recién terminaba de asentar la casa rodante. Era todavía una chatarra que parecía estar en el lugar desde hacía años y años. Sanjuán se quedó mirándola durante un rato, seguro se preguntó cómo vine a parar a un terreno donde justo hay una casa rodante abandonada bien en el medio.

Florbela y Luriel se habían conocido cuando él la tomó como secretaria, a los dos meses de que ella se volviera al pueblo después de fracasar como actriz, o lo que ella llamaba fracasar como actriz, que era no tener para pagar el alquiler del departamento en la Capital. La conocí sin que ella supiera que yo era el padre, entré en el Estudio Jurídico de Luriel y dije que quería verlo, y ella me habló de una manera remilgada que me irritó. Nunca me gustaron las personas remilgadas, me dan recelo, siento que algo esconden. Y al final, creo que ella algo escondía.

A los árboles los iba a buscar en la camioneta, en aquel momento tenía una Ford blanca con franjas color verde jade. Salía por las mañanas, antes de ponerme a trabajar en la carpintería.

Mi casa está cerca del límite en el que se permitió hacer cualquier tipo de construcción o asentamiento, aunque más no sea una choza, a unos mil quinientos metros de donde construyeron la muralla.

Con Mai nos hablamos por primera vez en el aserradero en el que yo trabajaba, pero ya nos conocíamos
de la escuela, la única que había en el pueblo. Aquella
vez vino con su padre a comprar unos listones para
hacer un techito en la parte de adelante de la casa
y así tener sombra sobre las puertas y las ventanas.

Me acuerdo que de gurisito mamá me daba el desayuno para que yo se lo llevara a papá a donde él trabajaba, en una casilla al fondo del patio, y que al llegar nos sentábamos en el suelo y yo le preguntaba: papá, en la otra cuadra, pasando el ceibo grande, sentí un perfume lindo, ¿qué es? Es el ñangapirí que poty jerá, hijo, me decía. También me decía siempre que si no había árboles donde viviera tampoco iba a haber pájaros, ni sombra, pero que, sobre todo, lo que nunca iba a haber era consuelo. Y cuando llegué acá no había nada de eso.

Elegí este lugar, ni siquiera loteado, de puro yuyo, que lo único que tiene enfrente es una callecita de tierra revuelta y toscas que termina en el río, porque quería despejarme. Despejarme y que la vida pasara sin sobresaltos, atravesar lo oscuro sin susto, como decíamos en el pueblo. Hacer los trabajos que me dieran para vivir y listo. Y creo que elegí bien, porque al final, abandonar algo es llevarlo para siempre.

La casa en la que me crié está cerca de donde antes había un arroyo, el Angatupyry. Ahí teníamos un pequeño salto de agua que en aquel tiempo hasta servía para tomar. Nuestra casa era un castillo de piedra y madera. Un castillo chiquito que ahora quedó atrás de la muralla.

El único que me reprochó haberme venido a vivir acá fue Yamandú. Y me reprochó sobre todo que me vine a vivir a una casa rodante. Yamandú era mi vecino en el pueblo, y mi amigo. Él tenía la ferretería bien en la esquina, la única ferretería que había. Cuando vaciaron el pueblo la llevó a Colonia Aarau, a un local en el centro, y agregó, además de todas las cosas que vendía, la venta de cerraduras de máxima seguridad. Ahora es aún más grande y hasta tuvo que conseguir otros tres empleados y también cambiarle el nombre, le puso Ferretería Lucerna. Al poco tiempo de estar instalado acá, una mañana, vino con ofertas de departamentos de Colonia Aarau en el diario de la ciudad, y con un mapa para que me ubicara. Algunos estaban marcados, eran los más costosos, y también los más grandes. Estuvo un rato largo mostrándomelos, me hablaba de posibles usos de los ambientes, de alguna reforma, inclusive me dijo de tener una pieza para Emilia. Yo lo escuché. Sí pero no, le decía cada tanto, y negaba con la cabeza. Recién fui terminante y le dije que no iba a moverme de acá por nada del mundo cuando me preguntó cuál me gustaba más, que él iría a hablar con los de la inmobiliaria. Quedamos en silencio un rato largo, él pensaba en sus cosas, yo pensaba en las mías. Todo el mundo cree que estás loco, me dijo y me dio un abrazo bien fuerte antes de irse.

El testigo le contó a Altamirano que Luriel no las miraba ni a Florbela ni a Emilia cuando ellas se acercaron al auto. Florbela, que había querido abrir la puerta y no pudo porque estaba cerrada desde adentro, le hacía ademanes y golpeaba con el puño el vidrio del acompañante y el techo. En un momento le gritó: qué faze aquí, nós preocupadas por você, tua filha que no para de llorar y você pelotudeando no carro, ¿qué pasa, você está loco? Ella, cuando tuvo que testificar, contó más o menos lo mismo, que le gritó y que él sólo miraba hacia delante, con la vista perdida. También dijo que a la escopeta nunca la vio.

La casa rodante estaba abandonada en la entrada del pueblo hacía años. Era bastante grande, como para tres o cuatro personas. Yo no quería ponerme a construir con material. En realidad, me acuerdo bien, en esa época no quería construir nada de nada. Y tampoco quería volver a vivir en un pueblo, y menos irme a una ciudad.

Trasplanté un camboatá.
    Un juazeiro.
    Un curupí.

El que me hizo la conexión eléctrica era amigo de Luriel. La sacó del tendido de cables que iba a la mansión de los Coria. Trabajó durante la madrugada para que no lo vieran. Desde la una y media hasta las cuatro. Yo me senté en la oscuridad, en una silleta frente a la casa rodante y lo miré trabajar. Sus movimientos en el silencio, sobre los cables, sobre el poste, sobre el linde del terreno, sobre el camino a la casa rodante, sobre la casa rodante. En ningún momento me habló de Luriel. Y no me quiso cobrar por nada del mundo.

La segunda vez Sanjuán vino con su ayudante. En realidad, vino solo, me saludó y enseguida se puso a hablar de dónde iba a vivir él cuando se tuviera que ir del pueblo. Colonia Aarau es el mejor lugar, me dijo, a ochenta kilómetros de acá, porque hay que irse lejos, como todos están haciendo menos usted. Yo me sonreí y negué con la cabeza. Y los Coria, dije. Enseguida le pregunté si creía que iba a encontrar agua. Ahora cuando venga mi ayudante vamos a saber bien, me dijo, se bajó antes para buscar la vara que necesita para explorar. Estuvimos un rato largo esperando al ayudante, por momentos nos decíamos algo, pero parecía no incomodarnos el silencio. A mí no me incomoda, puedo estar una tarde entera con alguien sin hablar una sola palabra. ¿Usted creé que van a hacer lo que dicen en el pueblo?, ¿será?, me preguntó Sanjuán después de unos minutos. Yo no sabía si iban a hacer o no lo que se decía, no me interesaba nada en ese momento, hacía poco había pasado lo de Luriel, sólo quería saber si iba a tener agua, y si había agua, dónde iba a hacer el pozo. De todos modos, estoy convencido de que hagan lo que hagan va a ser lo mejor, dijo enseguida. Al ratito el ayudante de Sanjuán apareció caminando lento, rengueaba. Era grandote, negro y gordo, tenía una remera vieja, de un color borravino gastado y un short de fútbol. De chancletas y con una venda blanca en el pie izquierdo. Traía una vara en cada mano. Las miraba con atención, torcía una, retorcía la otra. Cuando le faltaban unos pocos pasos para llegar a donde estábamos con Sanjuan, tiró una de las varas lo más lejos que pudo, y a la que se quedó volvió a inspeccionarla. Porque era eso lo que hacía, la miraba, la torcía para un lado, para el otro. Era una especie de horqueta, como una honda, pero con las dos ramas paralelas mucho más largas. Buenas, me dijo en una voz tan baja que hasta pensé que me había dicho bolas, pero enseguida me di cuenta de que no era el tipo de persona que dice esas cosas. También porque no dijo una sola palabra hasta un rato más tarde. Yo lo miraba con desconfianza y parece que Sanjuán lo advirtió porque enseguida me dijo: así como lo ve, él ahora nos va a decir si hay agua acá o no, va a ver. Yo había escuchado de personas que pueden tener estas habilidades, pero una cosa era que me lo contaran y otra verlo hacer. El ayudante agarró de una manera extraña la vara, de las dos puntas paralelas, y la giró hasta dejar la punta solitaria hacia arriba. La llevaba a la altura de la panza. Y así, con la vara como el manubrio de una bicicleta, empezó a caminar, lento, rengueando, con dificultad, de otra manera no podía. Primero dio una vuelta alrededor de la casa rodante. Los que encontraron agua son los de allá enfrente, le dijo Sanjuán a su ayudante. Él sólo levantó la cabeza para mirar hacia donde le señalaba, asintió y siguió con su tarea. Caminaba y la vara seguía apuntando al cielo, firme, en tensión. Sanjuán lo miraba y cada tanto le preguntaba: ¿hay algo por acá o no hay nada? Y el ayudante apenas inclinaba la cabeza para la derecha como respuesta, nada más. Terminó de rodear la casa y enfiló para el lado izquierdo del terreno. En esta zona no hay nada, parece, dijo Sanjuán, no sé si se dirigía a mí o era para reafirmar los movimientos de la búsqueda. El ayudante comenzó a caminar junto a una línea imaginaria. Yo sólo había puesto unas estacas alrededor de todo el terreno para figurarme dónde después iba a clavar los postes para afirmar el alambrado. El ayudante fue y volvió por esa línea, muy lento, inclusive más que antes. Y la posición de sus brazos y la vara, igual. Empezó a cruzar hacia el lado derecho del terreno. Pasó frente a la casa y apenas antes de llegar al límite, Sanjuán se dio vuelta

y me dijo mire, y me señaló la rama que el ayudante tenía en las manos. La vara parecía retorcerse un
poco y la punta que todo el tiempo había estado hacia arriba ahora parecía querer mirar hacia abajo,
como si tuviera vida propia. Yo lo único que hice fue
mirarle al ayudante los puños cerrados sosteniendo
las puntas. Y no parecían impulsar ni dirigir nada,
tampoco podía detectarle que hiciera alguna fuerza.
Por acá seguro vamos a encontrar agua, dijo Sanjuán.
El ayudante siguió caminando, muy lento, y la vara
no se movía del lugar, apenas oscilaba, pero seguía
apuntando hacia delante. Caminó hacia la línea imaginaria y cuando la alcanzó la vara empezó a moverse
aún más, como si tirara hacia abajo. Acá, acá, dijo
Sanjuán. Pero el ayudante siguió caminando hasta
atravesar el límite unos o dos metros. En esa parte
la vara apuntaba directamente hacia el suelo. Él se
dio vuelta y dijo sí con la cabeza. Dónde exactamente,
preguntó Sanjuán. Y el ayudante, con la pierna que
tenía vendada, pisó fuerte y la señaló. ¿A cuántos
metros está?, preguntó Sanjuán. En ese mismo momento el ayudante cerró los ojos y movió los labios,
podría haber dicho cualquier cosa, en cualquier idio-
ma, que yo no le hubiese entendido ni una sola vocal.
Y comenzó a pisar sobre el suelo, y cada vez que pisaba decía algo cortito. Supuse que estaba contando.

Uno, dos, tres, cuatro, aunque no podía precisar que lo estuviera haciendo. Y siguió pisando. Y cada vez que pisaba lo hacía con fuerza, y yo pensaba que la venda era de adorno, no podía pisar así si le dolía el pie o el tobillo. Terminó de pisar y dijo algo.

¿Cómo?, preguntó Sanjuán. El ayudante abrió los ojos y dijo cuarenta y siete metros, y fue lo único que oí de manera clara. Bien, linda agua va a tener, me dijo Sanjuán. El ayudante asintió y se puso la vara en el pecho y volvió a cerrar los ojos. A ver, dijo Sanjuán, miró para todos lados, y tuvo que ir rápido hasta cerca de la casa, buscó un pedazo de madera rota y un tocón. Volvió a donde estaba el ayudante, seguía con el pie vendado en la misma posición, como si sujetara algo abajo, y en la misma postura, con la vara en el pecho y los ojos cerrados. Corré el pie, Moli, dijo. Lo corrió. En ese mismo lugar clavó la estaca. Acá mañana te empiezo a hacer el pozo, dijo. Pero está fuera del límite del terreno, le dije. Y mueva el límite dos metros más allá, quién carajo le va a decir algo en este lugar. Cuando los dos iban a la camioneta, el ayudante quebró la vara en varios pedazos y los tiró lo más lejos que pudo. Mañana a las siete arranco, me dijo Sanjuán y los dos se subieron a la camioneta. Aquel día corrí las estacas de ese lado del terreno dos metros más allá.

Antes de tener mi propia carpintería en el pueblo trabajaba en el aserradero más chico de los tres que había en esa época, el aserradero donde conocí a Mai. Estuve diez años, al principio era sólo el changarín que hacía los mandados en bicicleta, después pasé a atender al público, a pagar los sueldos quincenales, hasta que llegué a acompañar a don Yrasema Terán, el dueño, a ver los que fueron los últimos montes de eucaliptus y pinos que hubo para alquilar y desmontar.

Lo primero que hice después de dejar lista la casa rodante fue construir un murito alrededor para asentarla bien y así poder sacar las piedras que le había puesto provisoriamente. Después me hice un lavadero, y, por último, en esos primeros meses, un alero en la parte de adelante. Recién un año después le monté otro techo por encima de todo. El techo era el doble del tamaño que la casa rodante, el lavadero y el alero. Lo cubrí de chapas, no sólo para que no filtrara nada de agua ni de sol, sino también para escuchar el repiqueteo cuando llueve.

En ese tiempo Altamirano venía todos los lunes a la tardecita. Se sentaba abajo del alero, frente a una mesa desplegable de madera que había hecho hacía mucho tiempo, para comer con Mai en la costanera del pueblo, y destapaba una cerveza de litro. La primera vez la trajo envuelta en una bolsa de plástico y no la sacó de ahí. Esa primera vez fue la única que vino como policía de Investigaciones, y sacó del auto la cerveza envuelta en la bolsa sólo después de hacerme varias preguntas de rigor. A partir ya de la segunda vez vino sólo para charlar, para mirar hacia el lado de la mansión de los Coria y la muralla y tomar su cerveza. De vez en cuando me preguntaba por los árboles, los nombres, para qué servían, dónde los había encontrado, cuáles estaban vivos, cuáles muertos, o por morirse, él no podía distinguirlos. Altamirano era robusto, alto y siempre con la camisa arremangada, aunque fuera invierno. En uno de los brazos tenía tatuado *Laetitia te liebe* y en el otro la cara de una niña alegre que sacaba la lengua. Me wie el frescor que hace acá, hiciste schön en quedarte, me dijo la segunda o tercera vez que vino.

Mai era dos años menor que yo. Empezamos a vernos al poco tiempo del encuentro del aserradero, día por medio, en la plaza Suiza. También al poco tiempo quedó embarazada de Luriel. Tenía veintitrés años.

La casa rodante estaba abandonada en la entrada del pueblo, a unos metros de donde ahora está la muralla. Ya nadie sabía que esa chatarra había sido una casa. Yo sabía hasta quién la había dejado en ese lugar y por qué. Cuando empecé a revisarla me di cuenta de que estaba en un estado peor del que imaginaba, con la parte baja de las paredes laterales muy herrumbradas, con los cuatro vidrios de los costados, el de atrás y el chiquito de adelante, rotos, y sólo el más grande de todos, el que daba a la pieza, estaba sano, sucio y manchado, pero sano. Las dos llantas carcomidas, deshilachadas, con los flecos de alambre como si fueran una corriente de electricidad conectada a la tierra. La chapa de las paredes casi no dejaba rastros del color que había tenido en su momento, parecía marrón, en degradé, más claro arriba y más oscuro abajo, y también parecía que tenía algunas líneas en azul que la rodeaban. Adentro estaba aún peor, los bordes de la fórmica de las paredes corroídos, el piso estropeado a más no poder, pero no roto. De manera increíble resistía la cortina de una de las ventanas más grandes, tenía el color de una uva. La mesita estaba por la mitad y la cama no parecía una cama sino el filo de un precipicio. El baño era un depósito de basura, pero apenas lo vi pensé que también lo iba a ocupar como depósito. La cocina era lo que en mejor estado estaba. Conseguí dos llantas viejas en lo del Negro Morotí y la remolqué con la camioneta hasta el terreno. En tres semanas dejé la casa rodante en buenas condiciones, habitable, por los menos. Fue justo unos días antes de que sacaran a los últimos habitantes del pueblo.

Adelante de todo puse un curupí, al otro, en el fondo, pegado a la carpintería. Era un árbol que me gustaba, pero lo quería lejos, tiraba un jugo lechoso que en *La mesopotamia yukerí* decía que se usaba para envenenar la punta de las flechas. Ahora entiendo por qué mi papá jamás se sentaba a su sombra, él decía que era maléfico.

Los Coria se vinieron a vivir a la mansión tres o cuatro meses antes de que vaciaran el pueblo. No sé cuánto de la casa terminaron ocupando, ellos eran sólo seis, el matrimonio, dos hijos, uno de doce, el otro de trece, el padre de él, la madre de ella. La casa que tenían en el pueblo no era gran cosa, de dos plantas, con un balcón chiquito en el medio. Casi no había casa de dos plantas en el pueblo, todo se apaisaba, nada necesitaba ir hacia arriba, había lugar de sobra, pero los Coria tenían esa casa con balcón, frente de la plaza Suiza. Siempre estaba con los ventanales abiertos de día y con las luces prendidas de noche. Pero a ellos raras veces se los veía. Salvo en la fiesta anual del pueblo, aunque nadie los veía directamente: me dijeron que andaban los Coria en el puesto de armas, me dijeron que andaban los Coria frente al escenario del pastor Weber Schmid. Yo los había visto pocas veces antes de que vaciaran el pueblo, y siempre de manera casual, una vez en el Polideportivo Distrital, el que tenía una cancha de mangá y una pista de tierra para correr alrededor.

Los vi a una hora irrisoria, cerca de las siete de la mañana. Otra vez lo vi a Ñandutí, el padre de Mbokaja Coria, en el bar de Arahí, también en un horario imposible para un pueblo, a las tres y media de la tarde. Arahí lo mantenía abierto sólo para los turistas, turistas que no había. Ninguno de los Coria jamás me pidió ningún trabajo de carpintería.

En el pueblo, Luriel vivía a once cuadras de mi casa, creo que esa era la máxima distancia a la que se podía estar. Pero fue de casualidad que quedamos así. Cuando se casó él quiso construir algo desde cero, y como ya no había terrenos a la venta, de un momento a otro pasaron a ser dominios fiscales, consiguió una casita vieja y abandonada y la compró para demolerla.

A Mai y a mí nos gustaba la superocho. Había sido de unos familiares suyos, y estaba impecable. Nos gustaba tanto filmar como pasar las películas en el living de la casa. El traqueteo del proyector junto a las imágenes en la pared blanca, a veces, eran más reales que la vida.

Desde que estoy acá, los trabajos de carpintería me los pasa Yamandú. En Colonia Aarau hay dos carpinteros, pero según Yamandú ninguno hace las ventanas ni las puertas tan seguras como yo. No creo que sea gran cosa lo que yo hago, pero sé que le pongo mucha atención a todo. Yamandú pegó un cartel grande en una de las dos vidrieras: HACEMOS LOS MEJORES TRABAJOS EN CARPINTERÍA – LA SEGURIDAD QUE USTED NECESITA – TRATAR AQUÍ. La primera vez que vi ese cartel le pregunté: ¿no es mucho alarde? Pensé que me iba a decir, bueno, es la manera de atraer a los clientes, no te conocen. Él era el comerciante, y siempre le iba muy bien. Me contestó: nee, Cesário, hasta te digo que es poco.

Había puesto el ñangapirí al borde del terreno para que nada le tapara el sol de la tarde. Leí que lo necesitaba. Mi padre también lo tenía en el lindero del terreno, y en lo que era el verano de aquella época siempre machacaba un poco de sus hojas y las esparcía en el suelo para ahuyentar las moscas.

En otra de las cintas de la superocho aparece Luriel, de tres años, más o menos, está en mis brazos, el río de fondo corre, nos reímos de algo que está en el aire, que vuela, pero que en la filmación no aparece. Nos reímos hasta que Luriel, de repente, se pone serio, señala con las dos manos hacia arriba, yo miro a la cámara y niego con la cabeza. La cámara se acerca tanto a mi pulóver que todo se vuelve rojo. Después se corta.

Sanjuán encontró agua a cuarenta y siete metros exactos. La máquina estuvo trabajando durante dos días. Antes sacaron metros y metros de lodo. Solemos encontrar en el camino hacia el agua una arena finita, casi como de mar, arena que no sirve para construir nada, pero acá había lodo, mucho lodo, es la primera vez que lo veo, me dijo. El agua salía algo ocre y potente. Como sea, es espectacular el agua que tiene acá, y con un buen filtro creo que la va a poder tomar sin problemas, me dijo cuando le estaba pagando.

Al terreno lo marqué apenas terminé de arreglar la casa rodante, y a las calles de adentro las rellené con piedras canto rodado que saqué de la orilla del río.

A veces yo también me tomaba un vaso de cerveza con Altamirano, lo hacía sólo para acompañarlo, porque a mí me hace doler la cabeza, sea cualquiera de las dos marcas que hay. Me hace dar una puntada en la nuca que no se va ni con diez aspirinas. Altamirano nunca traía más de una cerveza, y la tomaba muy lento. En cada sorbo le quedaba un poco en sus bigotes largos y espesos. Altamirano se servía de a poquitos, menos de cuarto de vaso. En los veranos, a la última mitad la tomaba tibia, pero parecía no importarle nada de eso, yo siempre le ofrecía ponérsela en la heladera, pero él nunca quería. Me wie así, me decía.

El proyector de la superocho fue una de las pocas cosas que sobrevivió a dos de las tres mudanzas que tuve en mi vida. La lámpara original se me había quemado en un cumpleaños de Luriel, mientras les pasaba a los gurises un fragmento de una vieja película de Heidi que había filmado en la pantalla del cine de la Capital.

Lo que traje de la casa del pueblo entró en la camioneta, y en un solo viaje. En la mudanza me ayudó Hory, el que le hacía las changas a todos, podía pintar una casa como también levantar un muro. Vinimos en la camioneta y él no paró de hablar. Estaba triste, no sabía cómo iba a hacer para acostumbrarse a vivir en una ciudad. Sólo sabía que al principio iba a vivir con su hermano, el Techa Losada, maestro mayor de obras, en un departamento pegado a una de las comisarías de Colonia Aarau, y que después vería dónde iba a parar. Allá iba a hacer el mismo trabajo que hacía todos los días en el pueblo.

Un fresno.
　　Un ubajay.
　　Un pernambuco.

Hice anchas las calles del terreno para poder entrar con la camioneta que tenía en ese momento. Dos calles anchas que se cruzaban bien en el centro.

Siempre que viajaba a la Capital Luriel iba acostado en la parte de atrás del auto, ocupando todo el largo del asiento, con las rodillas apenas flexionadas. Luriel era bastante petiso, aunque sí tenía los brazos bien largos, como yo. Mientras dormía manejaba uno de los dos secretarios, como él los llamaba, aunque en el pueblo decían que no eran secretarios, sino sus guardaespaldas. Otros decían que ellos eran matones. Yo los conocía, uno era hijo del Angaú Jurado, un compañero mío de la primaria que pasó toda la edad de la secundaria en un reformatorio de la Capital. Los dos secretarios de Luriel andaban armados, con las cartucheras de las pistolas al costado, a la vista, igual a los cowboys.

A la carpintería la armé al costado de donde termina una de las calles internas, al lado del pozo de agua. La hice de madera, sencilla. Al principio sólo tenía las cuatro columnas sosteniendo el techo de tirantes y chapa, igual a como armé el techo para cubrir la casa rodante. Al piso lo hice con unos listones que había traído del aserradero al que le compraba la madera, en el que trabajaba antes. También, con una parte de esos listones, levanté dos paredes para colgar las herramientas, y contra una de esas paredes, puse la mesa que tuve toda la vida, con la prensa y la sierra circular. Ahora está cerrada de los cuatro costados.

Los últimos en dejar el pueblo fueron los trillizos Farragut, que vivían juntos desde el nacimiento, y todo hacía pensar que también juntos se morirían los tres, y Arahí Segovia, la dueña de uno de los dos bares que teníamos en el pueblo, el de la calle principal, a media cuadra de la plaza Suiza. El Bar del Yurú había sido de su padre, pero ella le ponía más empeño, lo cuidaba más y atendía mucho mejor que él. Arahí vivía sola atrás del bar, en una piecita con living comedor, yo le había hecho las puertas y las ventanas que daban al patio. A Arahí la sacaron a la fuerza. Nunca supe si sólo la sacaron del pueblo o si también se la llevaron presa a Colonia Aarau o adónde. En Colonia Aarau nunca nadie la vio. Con Arahí Segovia afuera, el pueblo quedó vacío.

Al final, creo que a los Coria no les salieron las cosas como las habían planeado. Sólo estuvieron en esa mansión un año. Terminaron abandonándola y yéndose a Colonia Aarau, al menos eso es lo que se dice, porque tampoco nadie los vio allá.

Tiene como dos metros y pico de alto la muralla, y la hicieron con bloques y bloques de hormigón armado. Bien a la mitad, donde antes cruzaba la calle para salir del pueblo, hay una puerta de hierro pintada de verde. Al costado derecho, en las alturas, está la garita vidriada donde siempre se pone un vigilante. Vista desde mi casa rodante se parece a un terrario apoyado en el piso.

La tranquera está hecha con la madera de un algarrobo muerto que encontré camino a Angatupyry.

A la cámara superocho nos la robaron una noche de lluvia. Volvíamos del paseo que hacíamos todas las noches para que Luriel se durmiera y encontramos la casa hecha un desastre, las cosas tiradas en el piso, las alfombras todas embarradas y la puerta del fondo abierta. Eran ladrones experimentados de la Capital, nos enteramos después, habían robado también en dos casas cercanas, y también en Colonia Aarau. Cuando llegamos Luriel se despertó y entró corriendo, sin saber qué había pasado, o pensando que era un juego. Cada vez que me acuerdo de eso me retumba en la cabeza el grito de Mai suplicándole que volviera, que saliera a la calle de nuevo. Aquella noche se llevaron la cámara, pero quedó el proyector afuera de la caja, al lado del ropero donde estaba escondido. También quedaron todas las cintas en una caja de zapatos.

Desde que vivo acá, una vez por mes, bien temprano, voy a llevarle a Yamandú los trabajos terminados y a buscar las cosas que necesito de la ferretería. Antes, apenas abre el megamercado que hay en las afueras, hago las compras. Por suerte nunca me cruzo con ninguno de los que vivían en el pueblo.

Altamirano me decía que las calles del terreno formaban una cruz, y que esa cruz me cuidaba. Altamirano era un hombre místico, cada tanto venía con una estampita de algún santo helvético y me la regalaba antes de irse, como si fuera una ocurrencia de último momento. Una vez me dijo que había enterrado una medalla en algún lugar del terreno, pero que no me iba a decir dónde porque yo la iba a desenterrar y la iba a tirar a la basura. No, nunca vienen mal más guardianes, le dije y me puse lo más serio que pude.

Hago mi trabajo con la madera que hay ahora, procesada con plástico de polipropileno, que tiene muchísimo más plástico que madera. La voy a comprar a Colonia Aarau, la única fábrica en este distrito. Tengo que hacer unos kilómetros más para buscarla porque está pasando la ciudad. Mucha de la madera con la que trabajé el primer año la traje de un montecito de pinos muertos que estaba oculto cerca de la orilla del Angatupyry, bien al suroeste del distrito.

Yamandú siempre me da todo detallado, con las medidas y las características del trabajo que tengo que hacer, algún labrado simple, alguna determinada celosía, la cantidad de refuerzo. Me lo dibuja todo en una hoja. Dibuja muy bien Yamandú, las puertas y las ventanas son una obra de arte, yo, después de que las construyo, me guardo las hojas en una carpeta. Varias veces le dije que no perdiera tanto tiempo haciéndolo, pero él me dice que le gusta, que siempre le gustó dibujar. Salvo hacer los dibujos de las cosas que voy a hacer, yo no sé dibujar nada. Lo único que sí siempre me salió bien fue un árbol frondoso con el pasto anochecido. A grama anoichecida, como le decía mi mamá al pasto de la mañana.

Aunque Altamirano venía a charlar de cualquier cosa, y a veces también sólo estaba callado y miraba hacia adelante, siempre me decía algo de Luriel. Al principio, sobre todo el primer año, me contaba algo de lo que había escuchado de la boca de la fiscal que tenía la causa, allá en Colonia Aarau. También, cada tanto, me hacía alguna pregunta sobre él. Pero cosas que no tenían nada que ver con su trabajo de policía. Lo primero que me preguntó fue si Luriel jugaba mangá. Le conté el primer partido que jugó en el club Mitaí, uno de los dos que había en el pueblo. Luriel tenía doce años. Yo jugaba desde chiquito con él. Me acuerdo que le pasaba la pelota y él me la devolvía con fuerza. Enseguida me di cuenta que le gustaba mucho y que podía ser buen jugador. Altamirano me dijo que antes había sido árbitro en la liga de Colonia Aarau, cuando allá todavía jugaban mangá, arbitraba en los torneos infantiles, y se quedó pensando. Also quizás lo dirigí alguna vez, dijo, Mitaí fue algunas veces a jugar contra los mannschaften de Aarau, en los regionales. Miró hacia delante y se sirvió otro vaso de cerveza.

A mitad de camino entre la tranquera y la casa rodante tenía un arrayán negro. El arrayán se inclinó hasta morir, se parecía a una mano esperando que cayera algo del cielo. De gurí mamá me hacía masticar sus hojas para que no me salieran caries.

Cada tanto, al volver de los viajes a la Capital, Luriel pasaba por casa a visitarme. En los viajes él aprovechaba para dormir en el auto, las tres o cuatro horas que duraba. En la Capital estaban los Juzgados Penales donde tenía muchos juicios, y donde tenía una oficina que le subalquilaba a un compañero de la facultad, sin baño, ni cocina ni nada, apenas un escritorio, dos sillas y un estante.

No pensé en volver al pueblo hasta la noche en que me despertó el gorjeo de una comadreja. Era un domingo. Al gorjeo de las comadrejas lo conocía bien, en la casa de mis padres se aparecían todo el tiempo, nosotros teníamos un pequeño gallinero, y siempre estábamos atentos para ahuyentarlas. Ese día esperé a que el gorjeo sonara nuevamente pero no lo escuché más. Miré por la ventana y no vi nada. Abrí la puerta y vi cómo las gotas del rocío que caían desde el techo habían formado una hilera de pocitos.

Un yuasi-í.
     Un guaviyú.
     Una aroeira.

Aunque el cementerio estaba un poco alejado del pueblo, igual quedó atrás de la muralla. Por eso tuvieron que construir uno nuevo en Colonia Aarau. Lo hicieron al lado de su cementerio, donde antes estaba la cancha de mangá. Cercado por muros, en el medio, tres hileras de nichos de un lado y del otro. Pero fue después de muchos reclamos que lo trasladaron, a los cinco o seis meses del vaciamiento. Los muertos llegaron a ocupar solo la mitad de los nichos que construyeron.

Tenía cuatro variedades de enredaderas, claveles del aire y tunas, cola de lagarto y cuna de niño. La cuna de niño era lo primero que veía al salir de la casa rodante, a modo de bienvenida, o de despedida, no sé. La cuna de Emilia la había hecho yo, tardé varios meses, desde el día en que me enteré del embarazo de Florbela hasta el día anterior al nacimiento. Tenía los barrotes labrados, también las dos cabeceras, de un lado una luna menguante y del otro, varias estrellas. Fue la única vez que hice una cuna. Se la llevé el mismo día que llegaron del hospital con Emilia, pero ellos, Luriel y Florbela, nunca la usaron, no les gustaba, les parecía antigua. Florbela le compró una de fibra de vidrio y regaló la cuna que les había hecho. Nunca supe a quién.

En un viaje a la Capital, los secretarios estuvieron más de quince minutos para poder despertarlo. Luriel siempre les pedía que lo dejaran, quería aprovechar para dormir lo más posible en el auto, que ahí y en mi casa de aquel momento, eran los únicos lugares donde descansaba de verdad. Me gusta descansar en los tiempos muertos, me decía, y además me hace acordar a cuando vos me paseabas para dormirme. Pero yo sabía que no era por eso que él no dormía bien, tenía otras preocupaciones. Además, raras veces se divertía, aunque para la gente del pueblo estaba en constante diversión. En realidad, cuando se divertía lo hacía con sus dos secretarios que, en esas noches que salían, Luriel los trataba como amigos, aunque, según ellos, nunca les llegó a confesar nada de lo que le pasaba por la cabeza, nada que los hiciera sospechar siquiera que haría lo que hizo.

Mamá me decía: de cada flor de guayacán nasce uma borboleta que só vuela em volta del árvore, e antes de morir busca uma semente de guayacán e se la leva para sua cova. Me acuerdo que el guayacán fue uno de los primeros árboles que trasplanté.

Altamirano era diez años menor que yo, pero a simple vista parecía mayor. Su nariz era igual a una mora y tenía los cachetes hundidos y la frente arrugada y blanca. Fue la leben que me llevó a las rastras, me decía, diferente a lo que te pasó a vos, que naciste con la genetik de matusalén.

En esos años nunca me pasó eso de querer volver. Cada tanto, de manera inexplicable me acordaba de las calles, o de mis vecinos, o del paseo de los domingos a la mañana en la costanera, o del olor a madera de los aserraderos o de los tilos de la plaza Suiza, del color de los ceibos. También, cuando soñaba, mis sueños pasaban en el pueblo, soñara lo que soñara. A veces me despertaba con un ligero recuerdo que a los pocos minutos ya se esfumaba. Sólo uno me lo acuerdo bien: estoy sentado a la mesa de la cocina de la casa en el campo; mamá, papá y Mai están a mí alrededor, también sentados, me miran fijo; ya terminamos de comer; Mai tiene la misma edad que mis padres, parece una amiga o la hermana mayor de ellos; qué rico borí borí que cocinaste, Mai, dice papá; el volumen de la radio está un poco alto, pero al lado de la voz de papá es un cuchicheo; dice: vean, todas las guerras siempre se libran en ñande róga; y sigue, pero la voz se le comienza a diluir y se vuelve confusa; papá se para, baja la foto que está arriba de la heladera y se vuelve a sentar en la mesa; es una foto vieja pegada a una madera; mira la foto y empieza a hablar de nuevo pero lo que dice ya suena exactamente igual a los gritos de un tero.

Siempre le dejo a Yamandú un porcentaje de lo que cobra por el trabajo que hago. Antes, descuento las cosas que saco para la carpintería. A veces van a su negocio con las medidas ya anotadas, otros, los que se tienen menos confianza, le piden a Yamandú que se las vaya a sacar a sus departamentos. Ese es un trabajo extra que él hace y que nunca me quiere cobrar, aunque yo insista.

Luriel iba de vez en cuando a dormir la siesta a casa. Se acostaba en su pieza, la de siempre, en la que durmió hasta el día que se fue. Yo la limpiaba cada tanto, intentaba tenerla lista para él. En las siestas dormía menos de una hora y se iba. Pero después del nacimiento de Emilia también iba a la noche, solo, a eso de las doce, una de la madrugada, como escapado, a escondidas. Estacionaba el auto a la vuelta para que nadie supiera que estaba en casa, lo cual era ridículo en un pueblo como el nuestro. Decía que ahí podía dormir tranquilo, sin que nadie lo molestara, sin que nadie lo fuera a buscar ni lo despertara el llanto de su hija. A las seis de la mañana se bañaba rápido y salía sin desayunar.

Nadie nunca vio cómo desenterraban los muertos del pueblo para llevarlos al nuevo cementerio. Cuentan que Finn Schneider, nuestro cura, en una misa especial en Colonia Aarau, dijo que él fue quien dio la autorización para el traslado, y que estuvo en el cementerio cuando sacaban los cajones de la tierra. Aseguró haber visto con el respeto y la delicadeza que lo hacían, y cómo los ponían en los camiones, y que todo tenía una música de arpas y de ángeles. Dicen que en ese momento Finn Schneider hizo una pausa larga mirando hacia arriba, mientras asentía. Algunos aseguran que hasta lagrimeaba. También quiero contarles, dijo antes de terminar, que bendije el viaje de los restos de nuestros hermanos hasta el esplendoroso y moderno cementerio que nos construyeron acá, en esta bellísima ciudad de Colonia Aarau.

En los primeros meses había muchos vigilantes frente a la muralla. Cada tanto miraba con los binóculos de mi abuelo, el padre de mi mamá. Me escondía para hacerlo, porque sabía que también me podían estar mirando a mí. Después del primer año la guardia bajó a menos de la mitad de vigilantes. Se paraban firmes con el fusil en posición de descanso. Estar firmes frente a la nada era algo irrisorio.

Las cinco horas de trabajo en la carpintería las cumplo a rajatabla. Y si estoy terminando de hacer algo, una mesa, un aparador, una puerta o lo que fuera y es la hora de parar, lo hago sin ningún problema. Siempre se me viene a la cabeza lo que le pasó a Ñaró Pericé, el hermano de Mai. Por hacer un trabajo demás, una tarde que araba la tierra y se hizo de noche, no vio un pozo que él mismo había hecho una semana antes. El tractor se le dio vuelta y lo aplastó. Quedó sola su mujer con dos hijos, de diez y nueve, y una hija de tres años.

Yamandú es el que le pone precio a lo que hago. Una vez vi cómo lo hacía, justo entré cuando el cliente le preguntaba por una puerta y dos ventanas para el frente de la casa. Lo vi a Yamandú anotar en un papel, demorarse ahí, en silencio, hacer números en el aire, balbucearlos. Cuando dijo el importe final lo hizo con delicadeza, y hasta pareció que era demasiado barato, que le hacía un precio bárbaro. Desde que él hace ese trabajo gano mucho más.

En *La mesopotamia yukerí* dice que el pacará representaba el amor paternal, y relata una leyenda: la hija de un cacique se enamoró y abandonó a su padre. Él salió a buscarla y no la encontró, pero creyó escuchar sus pasos en la selva, por eso, cada tanto, apoyaba el oído sobre el suelo. Hasta que un día cayó rendido por la fiebre y murió. Cuando lo encontraron descubrieron que su oreja estaba pegada a la tierra. La cortaron para rescatar el cuerpo. La oreja ya había echado raíces y fue la que le dio la forma a sus frutos. Siempre que caían las orejas del pacará, inevitablemente pensaba en Luriel y en qué le había pasado por la cabeza para hacer lo que hizo.

La noche que murió Mai yo estaba apurado para salir de casa. Llegaba tarde a jugar mangá en lo de los Samite y por eso no llevé a la carpintería los dos tachos de veneno que usaba para fumigar y que me habían dejado un rato antes. Los puse en el pasillo, al lado de la pieza más cercana a la puerta de entrada. Y no sé si fue el gato o qué, pero uno de los tachos se derramó y el líquido entró a la pieza donde Mai esa noche justo se había tirado a dormir. Y algo raro pasó y ella estuvo respirando ese veneno durante horas, aunque sé que no fue sólo eso. Según un enfermero que yo conocía, Mai también tuvo un derrame cerebral. Pero hubo otra cosa que recayó sobre mí como una tormenta eléctrica. Esa noche yo tomé tanto, jamás lo hago, que no volví a casa hasta las ocho de la mañana. Apenas entré me di cuenta, no la podía despertar, la llevé al hospital como pude y al mes se murió. Luriel me acusó de haberla matado. Él nunca supo lo mucho que yo la quise a Mai.

A partir del quinto año los vigilantes de la muralla pasaron a ser menos de diez. Unos años después sólo quedaban tres o cuatro.

Un día, a los pocos meses de abrir la ferretería en Colonia Aarau, Yamandú me dijo que había ido a comprar un turista que trabajaba en una fábrica de centros de control de aparatos electrónicos hogareños, interfaces intuitivas y bio-led, y que él aprovechó para averiguar por la lámpara de la superocho. Yamandú tiene esas cosas, a veces parece que no escucha, pero sí que escucha. Sólo una vez, años atrás, le comenté que se me había quemado la lámpara del proyector y que ya no podía ver las cintas. El hombre le dijo que tenía que preguntar si le fabricaban una, que tenía que encontrar el instructivo, pero que, si lo conseguía ubicar, la hacía y se la llevaba. Yamandú le dio una seña y un regalo especial para que no se olvidara. Y no se olvidó, cuatro días después se la llevó. Una mañana Yamandú me puso arriba de la mesa una cajita envuelta en papel madera. Tenía dibujado con fibrón un moño azul. Aunque le pregunté qué era, sabía muy bien que era la lámpara. Es tu regalo de cumpleaños, me dijo.

Tres años después que pasó lo de Luriel, Altamirano me contó algo que me molestó mucho. Él ya lo conocía de antes a Luriel, y no dirigiéndolo en un partido de mangá en las infantiles de la liga regional. En realidad, Luriel había sido su abogado durante años en un juicio complicado. Lo veía bastante seguido, cuando se reunían para que le informara cómo iba la causa, cuando había que presentar algún escrito y Altamirano tenía que firmarlo, además para pagarle los honorarios, Luriel siempre lo quería en efectivo, y en mano. En verdad, no me molestó que no me lo contara antes, las cosas se dicen en el momento en que se puede. Entendí que si no lo había hecho fue porque algo serio le había pasado, porque contar una cosa era tener que contar otra y Altamirano, como lo intuí desde el primer día, era un tipo precavido y contaba de a poco, muy de a poco. Lo que me molestó fue sentirme espiado, más de lo que me sentía al mirar hacia la muralla.

También con las maderas del montecito de pinos muertos cerca de Angatupyry hice un baño al costado de la casa. Siempre me gustó hacer construcciones con madera. Donde vivía con mis padres era un castillo de piedra, un castillo chiquito que después fue ensanchado hacia los lados con madera, habitaciones y salas de sobra. Lo había construido papá junto a un amigo suyo de toda la vida, el Taku Cifuentes. Yo tenía diez años, más o menos, y todos los días me sentaba a mirarlos cómo medían, cómo lustraban, cómo martillaban. Una semana después de terminar al Taku le dio un ataque al corazón y se murió en el hospital. Papá me decía que lo que no se podía hacer era ver al Taku, que él, el Taku, se había venido a vivir a nuestra casa para siempre, con nosotros. Cuando lo decía miraba las paredes de madera y las golpeaba con rabia.

Era inútil tanta guardia, no había nada que custo-
diar. Después de las primeras semanas ya nadie se
acercaba a la muralla, pero los vigilantes parecían
preparados para un ataque nuclear.

El ubajay estaba muy cerca del curupí del fondo. En la vereda frente a la casa del pueblo, tenía uno. Cuando los frutos maduraban los gurises de Yamandú lo dejaban pelado en una tarde.

Lo primero que me dijo Florbela cuando me llamó por teléfono aquella noche de noviembre para contarme lo de Luriel, fue: Cesário, por favor, venha aqui ahora, no sé qué aconteceu, no sé, é o Luriel. Dijo: Luriel, y cortó.

Una sola vez hubo un incidente frente a la muralla, fue a pocos meses de que vaciaran el pueblo, eran las tres de la madrugada. Vinieron unos gurises en una camioneta, con la música alta, creo que tenían un parlante en la caja porque se escuchaba desde mi casa rodante. Se estacionaron en el portón principal con las luces apuntando a los vigilantes que en ese momento se reagruparon para protegerla. Las luces dándoles a los uniformes verdes, rebotando en la muralla y en el portón. Por momentos se parecía a un fusilamiento. Pero los que apuntaron por último, y con las armas, fueron los vigilantes. Enseguida los gurises salieron marcha atrás y desaparecieron.

Me pasé mucho tiempo pensando cómo hacer para que no me descubrieran. Me di cuenta de que tenía que volver al pueblo a la noche, a eso de las diez. Todo iba a estar más calmo y ya no se vería nada ni para el vigilante ni para mí, pero yo conocía tanto la zona que podía ir hasta con una capucha cubriéndome la cabeza.

Un aromito.
    Un ñandubay.
    Una mangueira.

Al pueblo lo vaciaron de un mes para el otro. Pusieron carteles, lo anunciaron en el semanario y dos periodistas famosos explicaron durante siete horas seguidas, todos los días, por radio y televisión, los beneficios y ganancias. También andaba Guirá Sosa con las bocinas en el techo del auto pasando fragmentos de los dichos de los periodistas. Todos tuvieron disponible el cobro de la indemnización en una oficina que habían armado sólo para eso. El pago era más del doble de lo que salía la propiedad que tenían. Una semana antes del límite para abandonar el pueblo, todos ya la habían cobrado y habían comprado sus departamentos en otros lugares, pero nadie se iba. Los primeros quince días que habían decretado para desalojar, la gran mayoría de los habitantes ni se movió de sus casas. Al día dieciséis empezaron las advertencias con vigilantes armados por las calles. Ahí recién se vieron muebles en las veredas, camiones estacionados frente a las casas. Ahí recién comenzó la mudanza.

Volví por primera vez al pueblo un domingo. Justo era la fecha del cumpleaños de Mai. Pero no lo hice por eso, no creo en las coincidencias, menos en las coincidencias de este tipo, las que hacen unir cosas de acá con las de allá. No, lo hice porque, entre otras cosas, desde hacía unas semanas la guardia era mínima y los domingos había sólo un vigilante en el terrario. Y el terrario estaba muy lejos del lugar por donde iba a pasar yo.

Al final, el cementerio fue lo único que quedó abajo del agua. Algo extraño hizo el río, una voltereta caprichosa en esa parte, que se fue ensanchando y ensanchando hasta que lo tapó entero.

Yo podía entrar a cualquier casa del pueblo vacío. Cuando estaban con llave, o entraba por las ventanas de los costados o por las puertas de atrás, que eran muy fáciles de abrir. Además, siempre iba con la barreta que había encontrado en el depósito de la casa rodante.

La mañana que no podían despertarlo, Iaie, uno de los dos secretarios, me contó que Jeguaka, el otro secretario, el más obsecuente, el más morocho y sin dudas el más bruto de los dos, llegó a pensar que Luriel estaba muerto. Lo sacudía y Luriel no reaccionaba. Estuvo a punto de llamar a la ambulancia y desaparecer. Pero unos segundos antes, Luriel abrió los ojos y se sonrió, como si todo el tiempo le hubiese gastado una broma. Iaie, lo primero que hizo fue insultarlo, aunque enseguida se desdijo y le pidió disculpas.

La primera vez que volví al pueblo tuve bastante miedo, pero sólo al principio. Cuando crucé la muralla el miedo desapareció. A los pocos metros de donde apoyé la escalera, escuché cómo el agua espesa golpeaba suave contra el hormigón armado que entraba al río. Desde arriba sólo se podía ver la mansión de los Coria. Era la mansión de los Coria y la oscuridad. La casa rodante, la carpintería y los pocos árboles que me quedaban en pie, perdidos en esa planura negra. Apenas bajé al pueblo, escondí la escalera. Los días anteriores había pensado en sólo caminar por el centro, o por lo que nosotros llamábamos centro, ida y vuelta, lento, bien lento, con cuidado. Bastante antes de llegar a la plaza Suiza vi la luna al fondo de la calle principal, color ocre, redonda, flotando sobre el río. Desde ahí miré hacia el portón donde estaba la casilla de guardia, a tres o cuatro cuadras, era una construcción nueva, rectangular, de la misma altura que la muralla. Era el único lugar donde había luz. Me quedé un rato mirando, pero no vi a nadie. Seguí por la vereda hasta la plaza. La plaza ya no era una plaza, era una ruina, con todos los árboles resecos, las ramas quebradizas. Muchos todavía en pie, otros pocos ya caídos. Alrededor un piso gris y húmedo. No había pasto por ningún lado. En el medio sobresalía el monumento a Liam Müller, el primero en asentarse en la zona, muy cerca de donde había una tribu, y de donde sacó los hombres para trabajar en su aserradero. A los pies de Liam Müller, un oso muerto. El monumento siempre me pareció la punta de una piedra que sobresalía de la costra. Hice una cuadra, hasta donde comenzaba el centro. Las fachadas carcomidas de las casas, con algunos pedazos de revoque por el piso, como si hubiesen pasado cien años, o más. Las puertas y ventanas estaban todas cerradas. Frente a la panadería Arandú, la persiana baja con la pintura picada y los bordes con herrumbre, el nombre del local estaba tachado. Unos metros más allá el mercado El kuarahy tenía los vidrios rotos y delante, en la calle, su cartel pisoteado por un tractor o algo así. Al llegar al bar de Arahí Segovia me paré frente a la puerta, el vidrio estaba lleno de ceniza y polvo. Arriba, el alero de lata estaba torcido, a punto de caerse. Pasé la mano por el vidrio de la puerta y, detrás del mostrador donde se paraba Arahí, me pareció ver a alguien. Me corrí rápido al costado. Debe ser uno de los vigilantes del relevo, pensé. Esperé a que se acercara alguien para reprenderme, o llevarme preso a no sé dónde, o algo por el estilo. Seguí caminando sin darme vuelta, haciéndome la idea de que ya me habían descubierto, de que me había durado poco la vuelta al pueblo. Pero al llegar a la esquina me di cuenta de que no había pasado nada. Caminé despacio hasta donde termina el centro y comienza la costanera. La luna rebotaba en el río y parecía cortarlo en dos con un ala de hielo. Me senté cerca de la orilla, cerré los ojos y pensé en Luriel y en su voz y en su gesto más repetido, el que hacía con el pelo, se armaba un rulito y se lo acariciaba durante un rato largo hasta desarmarlo. Mientras veía ese rulito que se armaba y desarmaba, escuché un estruendo, y después del estruendo escuché un grito largo. Era la primera vez que sentía algo así en años de estar acá. Un ruido seco y un poco asordinado. El grito quizás, el de una mujer. Esperé unos segundos y todo volvió al silencio. Abrí los ojos y hasta creí que la luna ya no era la luna, que la luna era el sol. Recién cuando entendí que seguía siendo de noche, pasadas las once, volví a casa por el mismo camino.

En la cinta se la ve a Mai que está cocinando. Abre la puerta del horno y saca una asadera en la que pareciera no haber nada, pero recuerdo bien que ese día era nuestro aniversario de casados y que ella cocinó zapallitos rellenos. Apoya la asadera en la mesada y se da vuelta porque se ve que yo, que era el que filmaba, la llamo. Se ríe tímida. Luriel llega corriendo y la abraza por la cintura, ella le acaricia la cara y vuelve a mirarme, me tira un beso. Antes de cortar los dos saludan a la cámara.

En la época en que las tierras de los alrededores eran fértiles, algunos de los habitantes que la trabajaban llevaban una buena vida. La actividad principal siempre había sido la de los aserraderos.

Luriel iba todos los jueves a comer a mi casa. Llegaba recién pasadas las diez de la noche. A esa hora yo estaba cansado, pero no podía decirle que viniera más temprano. Y menos podía decirle que no viniera, porque él arrancaba con el reproche, cómo es que un padre no quiere ver a su hijo, o a preguntarme si no era que estaba deprimido, y sin esperar a que le contestara, decirme que tenía que levantar el ánimo, hacer cosas, salir. De esa manera se volvía el peor Luriel de todos. Así que los jueves, desde la mañana ya me preparaba para su visita. No puedo decir que no las disfrutara, y a veces hasta las disfrutaba mucho, sobre todo cuando él estaba también cansado como yo, ahí hablaba poco, y en la oscuridad. A mí siempre me gustaba apagar un poco las luces, y en silencio tomábamos el vino en damajuana que él me traía de Colonia Bülach de la Cascada de Montaña. Esas eran las mejores noches. Pasaban lentas y sin sobresaltos, como yo quería que pasaran las noches para mí, y como también quería que pasaran para él.

Caminar por el pueblo vacío fue extraño. Nunca lo había visto así. Se parecía a un pueblo abandonado, pero a esos pueblos que sólo parecen abandonados. Porque al final, tampoco fue un pueblo que se abandonó. O quizás sí, no lo sé.

Por los tres aserraderos que había, llegó a ser el pueblo con más tullidos por cantidad de habitantes de todo el distrito. Pulgares por el aire, manos en el piso, todos tenían o iban a tener algún pariente con un dedo menos, o parte de un dedo menos, o una mano o un brazo, y también tal vez hasta con algún muerto a causa de las serradoras.

El día de mi cumpleaños que Yamandú me regaló la lámpara no hice nada especial. Nunca fui de festejarlos. Antes Luriel se aparecía a la noche a saludarme, traía algo de comer, un regalo simple, a veces repetido, y me decía: Feliz cumpleaños, viejo, y me abrazaba. Era el único abrazo que nos dábamos en todo el año. La última vez llegó con Emilia. Emilia era beba aún, no tenía la venda cubriendo el corte por el zarpazo del siberiano de Marangatú Tiziano. Estaba vestida con un enterito blanco con caballitos que saltaban por todo su cuerpo. Luriel trajo un pollo al espiedo con puré y de regalo, como el año anterior, un paraguas rojo. Se quedaron hasta la medianoche, Emilia se durmió a eso de las diez y nos dio tiempo para charlar. Para no despertarla, nuestra conversación fue un arrullo. Luriel se quería mostrar sereno, pero no lo estaba. Lo vi más preocupado que nunca. Recuerdo que cuando se fueron me puse a limpiar su habitación.

Lo que más me extrañó al volver al pueblo no fue la ausencia de gente, sino el aire, como estancado, espeso. Y también el silencio, muy parecido a ese aire. Al silencio hasta se lo podía ver. Tenía color. Un color plomizo que brillaba en la oscuridad. Ese aire y ese silencio estuvieron en mi cuerpo no sé por cuánto tiempo.

Luriel era el abogado de todos, también de los que no tenían para pagar uno. A ellos los atendía después de las nueve de la noche y, como mínimo, hasta las doce. La luz prendida de la ventana de su oficina, la puerta abierta de la sala de espera y su auto estacionado casi arriba de la vereda. Cada tanto me decía: Viejo, yo nunca voy a dejar de atender a un cliente, ni si es un ladrón o es un asesino, tampoco a un trabajador robado por los patrones o a un anciano que no cobra la jubilación, en mi Estudio no hay causa perdida. A veces era algo ingenuo, idealista, por eso lo usaban a más no poder.

La segunda vez que fui al pueblo no tuve miedo en ningún momento. Hice el mismo recorrido hasta la muralla, pero caminé al centro por una calle perpendicular. El piso estaba blando, como barroso. Al pasar cerca de la casa de la guardia estaba todo iluminado, y de nuevo no vi a nadie. Enfilé hacia la costanera para buscar el chivato que había plantado mi papá. Sólo encontré el tocón agarrado al barro y el tronco a un costado, ahuecado. Con papá a veces nos sentábamos abajo de ese árbol a mirar el río y los barcos que pasaban hacia el sur. Era el tiempo en que todavía el agua corría liviana y trasparente. Hace heta ára llegaban jangadas upérupi, me dijo una vez, y como yo no sabía qué era una jangada él me lo explicó recorriendo la costa, acompañando la corriente con las manos, agachándose, se sonreía. El chivato y los otros árboles cercanos estaban muertos. Camino a la muralla sentí que alguien venía atrás mío, muy cerca. Me di vuelta y no vi a nadie. Antes de cruzar, apenas pasadas las once de la noche, volví a escuchar el mismo estruendo de la vez anterior, y después, de nuevo, el grito de la mujer.

Habían pasado muchos meses de aquella confesión de Altamirano, cuando un lunes me dijo, mientras se refregaba las manos con demasiada fuerza: lo maté sin querer, lieber Cesário, lo maté sin querer.

Gran parte de toda la sangre que vi en mi vida la vi en el aserradero de don Yrasema. Vi cómo de ser líquida se espesa, se pone viscosa como el río. En cambio, la sangre del muerto es muy diferente, algunos dicen que esa mancha, donde sea que manche, no sale nunca más.

Una jurema.
    Un ñangapirí.
    Un aguaribay.

Luriel pega saltitos adentro de la pileta que en aquella época ya empezábamos a dejar armada durante todo el año en el medio del patio. Tiene una sonrisa que hasta pareciera que llora. Una pelota gigante multicolor flota en el agua y gira. Yo aparezco corriendo por el costado izquierdo y me tiro un chapuzón que hace volar la pelota afuera de la pileta. La que filma es Mai. Antes de que corte, Luriel y yo, saludamos a la cámara de manera exagerada, como si nos fuéramos para siempre.

La primera casa a la que entré fue a la de los Reguera. Nuno Reguera había sido mi compañero de la primaria, pero no nos hablábamos desde aquel tiempo. La última vez fue en el día del acto del 25 de agosto. Teníamos que desfilar por la calle del centro. Él tenía un pulóver rayado y lo hicieron volver a la casa para cambiarse. Es demasiado llamativo y desentona con los demás, le dijeron. Creo que lloró ida y vuelta a la casa. El pulóver que trajo puesto era celeste, sin rayas, pero con una mancha de mate cocido con leche en el pecho. Se lo hicieron poner al revés, se notaba igual, aunque un poco menos. La casa de Nuno era como la imaginaba, con muy pocas divisiones y las paredes sin pintar, el revoque rugoso. En la cocina la mesa estaba puesta para cuatro personas y la olla y la sartén sobre las hornallas. Cuando me volvía me demoré más de la cuenta recorriendo la plaza Suiza, el monumento de Liam Müller y el oso brillaba. Ya era casi la hora en que siempre volvía, apenas pasadas las once de la noche. Una cuadra antes de llegar a la muralla escuché de nuevo el estruendo y el grito de la mujer. Ese fue el momento en que dejé de creer que era una casualidad.

Uno de mis tíos fue el primer tullido que conocí. El tío Camões, un hombre corpulento, de tez morena y bonachón, con el pelo peinado a la gomina. El tío Camões trabajaba en el aserradero de los Müller y había perdido el dedo meñique y el anular de la mano izquierda con una sierra cuando iba a apagarla después de un larguísimo día de trabajo. Algo le dio corriente, se asustó, tiró la mano hacia atrás, los dedos tocaron la sierra y le quedaron apenas pegados por un hilito de piel. No sintió dolor, pero tuvo que hacer un esfuerzo supremo para no desmayarse y morirse desangrado, estaba solo en un galpón enorme. A pesar de que le envolvieron la mano y los dedos con un trapo, en el hospital no pudieron salvárselos.

A Emilia hace mucho que no la veo. Al principio, todas las veces que iba a Colonia Aarau pasaba por su casa, pero nunca había nadie o directamente no me atendían, no lo sé. Ahora ya no voy, tampoco llamo más por teléfono desde la ferretería de Yamandú, nunca conseguí que me contestaran.

Una tarde de lunes que llovía muy fuerte entramos con Altamirano a sentarnos adentro de la casa rodante. Antes de acomodarnos, bajé un cuadro que estaba colgado bien arriba de la heladerita y se lo mostré. Por cómo les da el sonne, recién amanecía, me dijo Altamirano y agarró el cuadro. Están todos a las risas. Emilia en los brazos de Florbela, tiene la venda por el zarpazo del siberiano, y Luriel las abraza a las dos. Fue una semana antes, le dije, lo que se dice una despedida feliz.

A Luriel los clientes le pagaban lo que podían, con lo que fuera: porciones de feijoada, mbejû o bolsas de coxinhas de frango, una caja de herramientas, una moto destartalada, una caña de pescar, ropa usada, botellas de vino, una mesa, un ventilador de pie. Le pagaban con cosas materiales y con cosas no tan materiales. Y él aceptaba todo, fuera lo que fuera. Le sirviese o no. Si no le servía se lo regalaba a los conocidos que él supiera que lo necesitaban. Una tarde llegó a la casa del pueblo con Efigenia. Yo estaba sentado en el patio. Entró con ella y me la presentó. Después dijo que podía pedirle lo que quisiera, ella estaba para eso, y todo pago durante un año. Puede limpiar toda la casa, la carpintería, el patio, cocinarte, lo que vos quieras, dijo y me guiñó el ojo sin que Efigenia lo viera. Hasta el día de hoy no sé qué quiso decirme con ese guiño de ojo. Efigenia era la sobrina de Mburukuja Kuhn, el que había estafado y dejado en la calle a su socio en la panadería Arandú. En mi casa había que limpiar y ordenar. De todas maneras, esperé a que Luriel se fuera y la acompañé a Efigenia hasta la puerta.

Al pueblo iba siempre de noche, pero una madrugada me desperté con que quería volver a verlo de día.
Y no fue una decisión, sino un impulso. Así fue que
esa misma mañana, cuando empezó a clarear, salí
para el pueblo. Apenas agarré el camino vi que el sol
estaba diferente, como picante y algo amarronado.
Para llegar a la parte de la muralla donde siempre
cruzaba hice un rodeo más largo. Entré al pueblo y
caminé por la calle donde vivía Luriel, y caminé como
si no fuese vigilado, como si no tuviera miedo de
que me descubrieran. La calle de Luriel estaba como
fangosa y gris, y era la última que empalmaba con
el camino por donde se entraba al pueblo. Ese día el
viento soplaba como en cámara lenta. Di vueltas durante un rato alrededor de la plaza, entre las cenizas,
algunos troncos atravesados, y me volví por un camino diferente. Ahí también la calle estaba fangosa
y gris. Mientras caminaba esperé el estruendo y el
grito de la mujer. Una cuadra antes de salir, me frené
para mirar la muralla desde el pueblo. Se veía mons-
truosa, la sombra que hacía tapaba por completo

las primeras casas, metiéndolas en una oscuridad rara, con tintes morados. Al final, ni el estruendo ni el grito aparecieron. Tampoco me sentí perseguido en ningún momento. Desde esa vez empecé a ir al pueblo de día.

Altamirano me contó que había atropellado y matado con su camioneta, una madrugada de viernes, al sobrino de un peso pesado de La Zofingen, un barrio peligroso de Colonia Aarau. Durante un tiempo tuvo que cuidarse más de lo que se cuidaba siempre y consiguió que el comisario lo dejara hacer trabajos administrativos hasta que se calmaran los ánimos en la ciudad. El gurí que atropelló tenía quince años, y se comprobó después que estaba hasta la maceta de borracho, que cruzó casi sin conciencia una calle que lleva a la terminal. Me contó Altamirano, sin mirarme a los ojos en ningún momento, que se le apareció de la nada y que él iba rápido porque esa parte era casi ruta, aunque había carteles de setenta kilómetros por hora de máxima. Fue mi día frei, iba a casa in mi auto nuevo, me dijo, enseguida llamé a la krankenwagen para que lo atendieran, y también a mis compañeros, pero cuando empezó a llegar la gente del barrio del junge me tuve que ir porque estaban alle trastornados, me iban a matar, no le importaba que yo fuera polizei, o quizás eso fue lo que más los puso frenéticos. Luriel lo representó desde el primer momento, ya lo había hecho con varios compañeros de Altamirano, pero en juicios menos graves. Lo llamó y al otro día estaban en Colonia Aarau reunidos en la oficina de la comisaría. En poco tiempo consiguió que los peritos oficiales coincidieran con los de parte en cuanto a que iba justo a setenta kilómetros por hora, consiguió testigos que lo vieron al gurí tomando vino en varios lugares de la ciudad, y desde temprano, en un bar, en una plaza, en un boliche bailable. Claro, cuando yo pasé a las sechs de la mañana por ahí, aunque iba ganz más rápido de lo permitido, él tenía alle el alcohol encima, me dijo. Luriel se había metido en lugares peligrosos, donde nadie quería ir. No se metía nur, sino con sus secretarios, como vos bien du weisst, me dijo. Luriel consiguió que Altamirano no estuviera ni un solo día preso. Era buen abogado tu sohn, demasiado caro, pero gut, me dijo. Enseguida terminó el último trago de cerveza y se fue sin mirarme a los ojos.

No tengo dudas, el aromito fue el árbol que más me gustó de todos los que tuve. Traje cinco, y puse uno en cada lado del terreno y uno muy cerca de la casa, ese floreció una sola vez, el aroma fue tan intenso que hasta se me impregnó en la ropa. Con los cuatro primeros hice ventanas y mesas que Yamandú vendió carísimas. Lo exotisch, me dijo. A los retazos los quemé y con la ceniza hice jabón.

Qué inexplicable era la casa de los Fagúndez. Vista desde afuera parecía grande y cómoda. Su frente ancho y frondoso, con el techo de tejas terracota, en caída. Pero adentro el ancho era sólo en el frente, con cuatro metros hacia atrás, lo demás se angostaba a más no poder, las habitaciones como cajas de manzana, el baño tan minúsculo como un baúl y la cocina casi de la misma espesura que un pasillo. La mujer de Tuvicha Fagúndez vivió con él ahí hasta que se fue con un viajante de pinturas que levantaba los pedidos en lo de Yamandú. Tuvicha se quedó con el hijo adolescente hasta que él, el hijo, también se fue, porque consiguió trabajo como marino mercante en el sur. Tuvicha fue la única persona con la que peleé a los sopapos. A la única persona que le pegué en la cara en toda mi vida.

Me di cuenta que Luriel estaba amarillo la primera vez que lo alcé. Desde ese día, al llegar del hospital, con Mai lo pusimos al sol todas las mañanas durante dos semanas. Cuando Luriel la alzó por primera vez a Emilia, y con los dedos pulgares como si fuera una bikini le apretó las tetitas, hubo un contraste tan grande que enseguida sentí que a él lo trastornó. Tal vez era demasiado, el cuerpo de Emilia tan blanco y los dedos de Luriel marrones igual al barro. Enseguida le devolvió la hija a su madre, dijo ya vengo y desapareció de la habitación. Salió del hospital y, según me contó después, se largó a caminar, a dar vueltas y vueltas a la manzana. Nos quedamos solos con Florbela y Emilia. Luriel volvió recién dos horas más tarde.

Hubo un tiempo que Luriel, sobre todo el primer año después de la muerte de su madre, estuvo muy enojado conmigo. Todavía estaba en plena adolescencia y su odio hacia mí lo confundía. Me esquivaba, no me dirigía la palabra, ni siquiera para pedirme las cosas. Me dejaba esquelas por toda la casa. Al final, una tarde nos sentamos a hablar en la mesa de la cocina. Hablamos sobre la madre y sobre su muerte. Él lloró mucho y hasta llegó a pegarme varias trompadas en la cara. Con eso, creo, se desahogó. La rabia te alivia, le dije, está bien, lo acepto, pero no sigas creyendo que fue culpa mía. Mientras se tranquilizaba también le dije que se sufre cuando la cabeza va más rápido que la vida, y que su cabeza no paraba de pensar cosas raras, cosas que en la realidad no pasaban y que ni siquiera iban a pasar. Desde chiquito Luriel había sido así, se notaba a la legua. Y aunque le servía para muchas cosas esa manera de ser y de pensar, también quizás fue lo que lo terminó empujando a hacer lo que hizo.

A la casa que no pude entrar fue la de Marangatú Tiziano. Marangatú había sido juez en la Capital y volvió a vivir al pueblo ya de grande, varios años después de jubilarse. Las puertas estaban blindadas y tenían cuádruple cerradura. Nadie tenía tal cosa en el pueblo. Él vivía solo con su perro, el siberiano que en la plaza Suiza atacó a Emilia. Ella era muy chiquita, tenía once meses y semanas, me acuerdo bien porque, cuando pasó lo de Luriel, Emilia todavía andaba con la venda y a los pocos días cumplió el año. Florbela la bajó al piso y ella fue gateando y se sentó al lado de donde Marangatú había puesto un tarro para que tomara agua el siberiano. El perro se acercó primero de manera amistosa a Emilia, pero de repente algo lo alteró y le pegó un zarpazo en la cara, muy cerca del ojo derecho. Tres puntos le tuvieron que hacer en el hospital. La cicatriz le va a quedar para siempre, dijo la médica, pero será una cicatriz que le va recordar la buena suerte que tiene.

Algunos dicen que los muertos se quedan, o vuelven, a los lugares en los que vivieron, una casa, un sótano, un altillo, en la habitación de toda la vida, en el sillón donde se sentaron siempre. Que las casas sólo tienen vida cuando hay muerte adentro de ellas. En contraste recuerdo algo que me decía mi tía Iris, ella pensaba que los muertos no viven en otro lugar más que en los cementerios, van ahí y de ahí no se mueven.

Me paso tardes enteras sentado frente al aguaribay. Está en una de las puntas más cercana a la casa rodante. Lo puedo ver desde la ventana apenas me levanto. En primavera sus flores se parecen a los ojos de las muchachas, a los labios de las muchachas, al mismo tiempo que arde de abejas.

La vez que me paré frente a la casa de Panambí Arnold lloviznaba. Yo tenía la campera impermeable que me había regalado Luriel, a él le quedaba grande. A mí también me quedaba grande, pero me gustaba usarla. En la fachada de la casa de Arnold había dos picotazos cerca de la puerta principal, se veían los ladrillos. Panambí había sido la maestra de secundaria de Luriel. Entré por el fondo, calcé la barreta y abrí fácil. Las paredes estaban pintadas de color azul fuerte. La cocina parecía mucho más chica de lo que era. El techo estaba quemado con antorchas, o algo por el estilo. Después de que muriera Mai, Panambí me acompañó durante mucho tiempo. Nos encontrábamos a la noche, tarde. Nos vimos bastante durante un año y medio, o dos, pero nunca había ido a su casa. Ella, con una excusa u otra, era la que nunca quería ir. Pasé al otro ambiente y lo mismo, las paredes azules y el techo quemado con antorchas. Encaré para la parte de adelante, por la ventana del living se metía un poco de la luz del día. Antes de entrar vi a dos personas, las primeras desde la vuelta al pueblo.

.

Eran un hombre y una mujer, ella lo abrazaba a él. Me quedé mirándolos desde la oscuridad, los dos estaban al costado de la puerta, parados frente a la pared, a centímetros, como si buscaran una grieta. Estaban quietos. Me quedé ahí sin hacer ni decir nada, hasta que ella giró muy lento y miró hacia el piso bien atrás suyo, después él también se dio vuelta y miró hacia el mismo lugar, como si ahí hubiera algo o alguien. Después volvieron a mirar hacia la pared, se abrazaron y se quedaron quietos. Lo más raro de todo fue que no conocía ni al hombre ni a la mujer, no los había visto en toda mi vida.

La cinta más larga de todas comienza con la imagen de varios animales en el zoológico, una jauría de ovejeros alemanes, un corral repleto de vacas negras, tortugas en unas rocas, caballos marrones con manchas blancas pastando, una jaula con gatos negros y uno blanco, otra jaula de igual tamaño con pájaros chiquitos, un gallinero inmenso. Al final aparece Luriel, casi desnudo, con una malla de color rosa y azul y alpargatas negras, y hace muecas delante de dos ovejas grises que están al fondo. No sé si soy yo o es Mai la que filma. La cámara se acerca hasta apoyar el lente en la nariz de Luriel.

A los viejitos Dri, con la indemnización, los hijos les compraron un departamento a una cuadra del centro de Colonia Aarau. Cuando entré en la casa que tenían en el pueblo, todas las paredes estaban empapeladas. Las del living eran de color beige con florcitas de ceibo. Se notaba dónde había estado el aparador y dónde estaba recostado el sillón de tres plazas. Uno de los ambientes supuse que era su pieza, porque en la pared perpendicular a la ventana estaba la marca del respaldo de la cama de dos plazas, la de un rosario y los tres clavos que lo sostenían, y también la de las dos mesitas de luz. En los dos baños no había quedado nada, ni siquiera los azulejos.

Desde el nacimiento de Emilia no lo vi cómodo a Luriel. Además de dormir a veces en mi casa, todo el tiempo que podía salía de la suya con la excusa de irse a trabajar. Llegaba a pasarse un día entero afuera, en su Estudio Jurídico de la Capital o del pueblo, o viajando o haciendo quién sabe qué.

Un sauce.

Un yvyrá payé.

Una jabuticabeira.

Un día Altamirano me dijo, después de hablar de su esposa y lo feas que le salían las comidas, que Luriel llevaba veinte minutos encerrado en el auto estacionado a metros de su casa, cuando Florbela y Emilia lo encontraron. Él lo sabía por el testigo que vio toda la escena mientras esperaba a un amigo en la esquina y que, inclusive, unos minutos antes, cuando pasó cerca del auto, lo saludó, aunque Luriel ni se percató de ese saludo. Y fue él, el testigo, quien terminó llamando a la policía. Altamirano nunca me quiso decir el nombre de ese testigo. Aquel mismo día y en aquel mismo auto, Luriel había viajado a la Capital para reunirse con un cliente que quería que lo atendiera. El cliente era un pediatra que vivía en un barrio residencial cercano, llamado La Reuss Verein. Lo primero que hizo cuando se reunieron en la cárcel fue confesarle que sí, que había matado a la mujer tirándola por el balcón, y que no estaba arrepentido, pero que confiaba en él para que lo sacara de ahí.

Al portón de atrás de la casa de los Salcedo lo arrancaron de cuajo, supongo que era de esos portones con vitrales. Por ese lugar me metí a un sector que parecía la cocina, pero que por la pared rugosa, como de salpicré, pudo haber sido la galería. Entré a cada una de las habitaciones, eran seis en fila, una igual a la otra. Las seis estaban como recién pintadas y hasta tenían salpicaduras blancas en el piso. En la última, bien en el centro, había un pozo, las baldosas y la montaña de tierra a un costado. En la parte de adelante de la casa estaba la mercería Orembaé y por la persiana cerrada no entraba ni un hilito de luz. Isondú Salcedo era la dueña y tenía tres hijas adolescentes, una seguida de la otra. Ellas trabajaban en la mercería. Eran tres hermanas hasta que un mediodía Isondú dijo que se sentía mal y con Chavuku, su marido, fueron al hospital. Pasó la siesta, las tres hermanas abrieron el negocio, trabajaron solas toda la tarde y cuando estaban por cerrar llegó su padre con cara de angustia. Es varón y le pusimos Memby, dijo y se metió rápido en la casa. Ninguna de las tres entendió nada. Después se enteraron, Isondú había escondido el embarazo, se fajaba todos los días antes de salir de su pieza. Cuando volvió a la casa les dijo que lo hizo por vergüenza. Memby, el hijo, fue el amigo de Luriel al que una madrugada, en vísperas del feriado del 30 de octubre, después de dejarlo a Luriel en casa con su moto, lo atropelló el camión de los bomberos que entraba a toda velocidad al pueblo, atendiendo un llamado de urgencia. Al final se supo que el llamado había sido una broma del hijo del doctor Calveyro.

Se sabía que los viejitos Dri no se querían ir del pueblo. Los dos hijos, que trabajaron en la construcción de la muralla, pasaban todos los días para tratar de convencerlos, para decirles que era verdad lo que se decía, que se tenían que ir. Les llevaban los recortes de los diarios de la Capital, les prendían la televisión, pero no, no había caso. Ellos no les creían nada. Hasta que un día le pusieron pastillas para dormir en el agua del mate que tomaban todas las mañanas. Entonces sí, se durmieron bien y pudieron llevarlos, y a los hijos les dio el tiempo de armar la pieza igual a como la tenían en su casa, mientras acomodaban el resto. Cuando los viejitos Dri despertaron estaban en su pieza, aunque en otra casa. Pero una tarde, a dos meses de ya vivir en Colonia Aarau, los dos hijos los fueron a buscar para salir a pasear. Entraron al departamento, pasaron por el living, por la cocina, por su pieza y no los encontraron. Hasta que fueron a la piecita en la que se tiraban cuando tenían ganas de dormir la siesta. Entraron y ahí estaban, acostados en una de las dos camas de una plaza. Él, casi en el centro de la cama, en posición de firme, de camisa y corbata. Rara vez se la ponía, salvo para el cumpleaños de su mujer o el suyo. Ella, con un vestido y un saquito de lana encima, lo abrazaba a él. Los dos tenían los ojos cerrados. En la mesita de luz estaba el frasquito con los somníferos que los hijos habían usado para dormirlos. Abajo del vaso una nota que decía: Juky y Amaru, ojevy al pueblo, cuídense heta.

La casa de los Coria en el pueblo parecía abandonada hace siglos. Las ventanas caídas, los vidrios
rotos. Para entrar tuve que saltar el portoncito del
costado y llegar a la puerta de atrás. Estaba cerrada,
pero sin llave. Adentro, había muebles antiguos,
de otro tiempo también, y parecían cambiados de
lugar, las camas en la cocina, el lavadero en el living,
la cocina en el baño. Y la escalera de madera que
llevaba a la planta alta estaba por la mitad, sólo sub-
sistían los cinco escalones de arriba. Por ahí entraba
el sol, por el techo hundido. Al salir me encontré
con un anciano tirado en el césped, tenía los brazos
y las piernas extendidas, y el sol parecía no llegarle,
estaba como adentro de una sombra, opaco. Volví
a meterme en la casa y lo miré. Al rato, el anciano
se sentó. Después, con mucho esfuerzo, se paró,
era retacón y tenía los pies deformados, al revés.
Caminó de manera torpe en dirección a la casa. Era
alguien que tampoco había visto en toda mi vida,
su piel oscura y todo lo arrugada posible, la cara
ovalada y las orejas finitas, hacia arriba. Caminó

hasta desaparecer de mi vista. Para el lado que había ido sólo estaba la pared de la casa y el muro lindero. Salí despacio y miré. El anciano no estaba por ningún lado.

A los retazos de maderas, junto con el aserrín y los deshechos del aserradero de los Müller, los quemaron después de que saliera el camión en el que iba con toda su familia el hijo más grande del último dueño, el Pierre Müller. Fue una fogata gigantesca. La prendieron cerca del mediodía. Las llamas se levantaban por encima del horizonte de casas, a la muralla recién la empezaban a construir. Yo ya vivía en la casa rodante. Desde ahí vi esa pirámide dorada que oscilaba y que hacía vibrar el paisaje. Anocheció y el fuego aún seguía. Duró hasta que escuché las sirenas de los bomberos.

Un día le conté a Altamirano la historia de los viejitos Dri. Le conté de los somníferos para ir, los somníferos para volver, los hijos desconsolados. Fue raro, porque yo nunca le contaba nada, siempre él era el que se ponía a hablar. Cuando terminé se quedó en silencio. Antes de irse me dijo: lo schön que la hicieron esos viejitos.

Fue difícil encontrar el nicho de Mai. No estaba por ningún lado. Y no ayudaba que las placas fueran todas del mismo color, una chapa finita que encandilaba, con la misma letra, la misma disposición desordenada, con poca información, apellidos, nombres, fecha de nacimiento y de muerte, nada más, sin saludos ni semblanza. Fui tres veces sin poder encontrarlo, hasta que una tarde averigüé en la casilla de entrada. El hombre no sabía, pero me prometió averiguar. Le anoté el nombre, el apellido. Al mes, cuando volví a ir se disculpó y me dio las coordenadas. Era uno de los restos que no habían sido catalogados, me dijo. No le pregunté cómo hicieron para encontrarlo. En la placa el apellido estaba mal escrito, tanto que parecía de otra persona. Dejé en el nicho las flores, unas azaleas mezcladas con violetas y hortensias blancas que había llevado, y salí. No pasé más por su nicho.

Aquella noche Luriel, desde adentro del auto, le pidió a Florbela y a Emilia que se fueran, que él ya entraba. Você va ficar solo como estuvo toda a sua vida, nós no te esperamos mais, nos vamos, le dijo Florbela y se dio media vuelta.

Todos decían que la casa de los Balbuena estaba embrujada, que, si estabas en silencio, en el pasillo o en la cocina, cerca de las nueve de la noche, se podía escuchar un filo latoso rozar el aire. Ahí, Katu Olivera, a esa hora, diez o quince años antes del vaciamiento del pueblo, había matado a machetazos a tres policías cuando entraron para apresarlo por el robo de una bicicleta. A uno lo mató escondiéndose atrás de la puerta, a otro lo sorprendió escondido debajo de la cama, le cortó los tendones del tobillo cuando entró a buscarlo, y lo remató en el piso, al último, metiéndose en el ropero, el policía, al abrirlo, medio distraído, se topó con Katu, que le atravesó el machete en el medio del estómago. Al final lo acribillaron a tiros, aunque se dice que su resistencia fue inhumana. El día que entré en esa casa por una puerta lateral, la misma puerta donde se había escondido Katu Olivera, vi lo que esperaba ver, su sangre todavía ahí, su sangre oscura esparcida en el suelo, su sangre viva en las paredes, en el techo. En la habitación lo único que aún estaba era el ropero, tenía los agujeros de los balazos. Volví a casa mirando las nubes que se veían por encima de la muralla. Ni esa vez, ni las tres o cuatro veces anteriores escuché el estruendo, tampoco el grito de mujer.

Estamos en la Capital, frente al monumento a las banderas, pero del monumento no se ve mucho, salvo la parte de las escalinatas. Mai abraza a Luriel, de no más de seis años, y espera algo. Están inmóviles, parecen aburridos. Pasan diez o quince segundos y aparezco yo al trote y también lo abrazo a Luriel, que queda en el medio de los tres. Empezamos a sonreír. Mai y yo saludamos desesperados con las manos que tenemos libres. Después Luriel también alza los brazos y saluda, pero con desgano. Unos segundos más tarde le hago una seña al que filma para que levante la cámara. Recién ahí se ve completo el monumento a las banderas.

La segunda vez que pasé por adelante del bar de Arahí Segovia, vi que la puerta seguía con la marca de mi mano. Intenté abrirla, pero no pude. Seguí, y al llegar a la esquina vi un caballo. Hacía tanto tiempo no veía uno. Estaba parado enfrente de la casa de Fuentes. Fuentes era el herrero y había sido uno de los últimos en tener caballo. De eso hacía treinta años, pero el caballo era otro, o yo lo recordaba diferente, tenía manchas marrones, era un percherón. El caballo no estaba atado, pero tampoco se movía. Cuando escuchó el ruido de mis pisadas levantó un poco la cabeza, pero enseguida la bajó y volvió a su mansedumbre. Seguí hasta llegar a la casa de los Capovila. Entré por el garaje para ir al patio de atrás. Los cinco pinos que estaban adelante del alambrado que dividía el terreno con el de los Bermúdez estaban resecos, grisáceos, y parecían diluirse en el aire. Cuando llegué al fondo sentí un ruido. Como si alguien arrastrara una mesa. El sonido salió nítido por la ventana, que después vi que estaba abierta. Enseguida me volví y me quedé recostado en la pared lateral de la casa. Esperé un rato largo para ver si oía otro ruido. Vi que un carancho sobrevolaba en círculos arriba mío, y sentí también que unas cotorras se enloquecían en la cuadra de atrás, la calle Emma Müller de Mateau, la única calle arbolada, de punta a punta, en todo el pueblo, y de la que ahora sólo quedaba tierra gris barrosa y árboles muertos. Pero esos pájaros seguían ahí, como olvidados. Esperé hasta que sentí que alguien se acercaba, el ruido de sus pasos era el mismo que el mío de las primeras veces, como de golpeteo en el barro, de hundimiento en el suelo. No foi acá, dijo un hombre grandote parándose de espaldas, a unos metros de donde yo estaba. Me quedé en silencio. El hombre parecía mirar los pinos quemados. Giró un poco la cabeza y vi que era Caio Capovila, aunque tenía el aspecto del padre o incluso de su abuelo. En un instante hasta llegué a dudar, pero era Caio, nomás, avejentado, pero era Caio. Frunció las cejas, hizo un gesto de dolor, o de desesperación, y volvió a entrar apurado. Enseguida escuché que cerraba la puerta con fuerza, y segundos después el arrastre de la mesa. Con Caio no había hablado muchas veces, una vez fue a la carpintería a preguntarme cuánto le cobraba para hacer un corral para su armiño y otra vez, a los pocos días, en el Estudio de Luriel, yo salía y él llegaba, esa noche me dijo: cuando consiga la plata para la casilla voy a verte. Salí de la casa de los Capovila por el costado y caminé hacia la salida del pueblo por el camino que entré. En la esquina del bar de Arahí, vi que el caballo seguía en el mismo lugar. Fue la última vez que lo vi.

Varias veces había pasado frente a la puerta de la casa de Luriel, pero sólo me quedaba parado enfrente, mirándola durante un rato. El patio delantero era una ruina, donde estaba el césped había un barro descolorido que parecía burbujear, y la puertita de madera que yo les había hecho, caída, sin una de sus bisagras. Y no entraba no por nada en particular, ni por pensar que sería un momento triste. Tampoco porque ahí hubiera algo que no quisiese ver. No lo hacía solamente porque no lo necesitaba. No lo necesitaba como lo necesité después. Fue algo en la boca del estómago que sentí. También en el pecho, que se endureció. El mismo pecho, un poco más curtido, encanecido y débil, que aquel donde Luriel dormía tranquilo cuando apenas tenía pocos meses.

Un día planté un algarrobo y muy cerca puse un jatobá. Me acuerdo que mi abuelo recitaba un poema de alguien que a él le gustaba mucho, pero del cual nunca supe el nombre. Decía:

*O algarrobo e o jatobá eles sempre voarão
por o terrenal*

*Voarão juntos e vão sonhar
pois o sonho é a única verdad.*

El testigo le contó a Altamirano que fue cuando Florbela y Emilia se alejaron del auto, y ya estaban entrando a la casa, que Luriel puso la escopeta entre las piernas y se llevó el caño a la boca. Aquella noche había venido a casa muy temprano a comer, a eso de las ocho de la noche, volvía de la Capital, quería empezar lo antes posible con la defensa en la causa del pediatra del barrio La Reuss Verein. Antes de irse, a eso de las diez y media, me dijo que ya lo había pensado todo durante el viaje, sólo le faltaba sentarse a escribirlo.

Un jatobá.
  Un chivato.
  Una batinga.

Mai se llamaba Mainumby y era, todos lo decían, la mejor costurera del pueblo. Se pasaba el día entero metida en su piecita del fondo de la casa. Era ingeniosa, venían hasta de otros lugares a dejarle ropas para que se las remendara. Los últimos años empezó a usar anteojos. Eran de marco ancho, marrones con nácar violeta. Todavía los tengo, uno de los vidrios está roto. Lo guardo junto a otras cosas de ella, el anillo de casados, una cadenita de alpaca, un pañuelo de seda rayado de azul y rojo, y los únicos aros que usó toda su vida, unas manzanitas rojas brillantes que siempre hicieron juego con su pelo. Todo eso está en el depósito de la casa rodante, adentro de una bolsa de tela que ella mismo confeccionó.

Al otro día de sentir esa sensación en la boca del estómago y en el pecho, fui a la casa de Luriel. No pude esperar hasta el domingo. Me levanté como siempre, cuando clareaba. Afuera soplaba un viento fuerte con cielo despejado. Nomás al llegar al pueblo sentí que el piso de la calle principal estaba distinto, reseco, casi azul. También el sonido de mis pisadas era distinto, sonaban más fuertes y quebradizas que de costumbre, hacían ruido de choque, de resistencia, como si el suelo las rechazara. Llegué a la casa, calcé la barreta, le di un golpe y la puerta se abrió. A esa puerta también la había hecho yo, tenía ocho cuadros labrados, cuatro arriba y cuatro abajo. Pero el sol de las tardes, el viento y la falta de pintura la habían estropeado, igual aún tenía la misma firmeza que las puertas hechas de madera procesada con plástico de polipropileno. Cuando entré en el living sentí olor a nuevo. Estaba vacío, pero en un rincón había algo tapado con nylon grueso y oscuro. Por la celosía de las ventanas entraba una luz muy tenue. Lo destapé, pude distinguir todos sus muebles, uno arriba del otro, como encastrados. El juego de living, con el sillón de tres cuerpos color violeta en vertical y los dos sillones individuales, uno arriba del otro, enfrentados. La alfombra marrón enrollada, también en vertical, y la mesa ratona encima de todo, con las patas para arriba. También estaba, atrás, el aparador con puertas corredizas de vidrio. Al lado había tres cajas de cartón, encintadas y apiladas. Tapé todo de nuevo y fui hasta el pasillo. La casa era amplia, ancha y profunda. El pasillo largo terminaba en la pieza más grande, donde dormían ellos los dos. Antes de llegar a ese lugar, estaba la pieza de Emilia y la pieza para visitas, en la que yo dormí una vez, la misma noche que pasó lo de Luriel, un mes antes de que vaciaran el pueblo. También había otra pieza, pero esa siempre estaba vacía. Si en el living se veía poco, el pasillo era como entrar al túnel subfluvial. Llegué a la primera pieza, seguía como siempre. Por la celosía entraba un poco de luz, salí y dejé la puerta abierta, en esa penumbra vi que todas las demás puertas estaban cerradas. Llegué a la pieza para las visitas. La cama en que aquella vez dormí, desmontada y en vertical, junto a la mesa de luz, al lado dos cajas, también encintadas. En la pieza de Emilia estaba todo igual. La misma disposición de la cama, al pie de la ventana, de la mesa de luz, de su caja con libritos y juguetes, los mismos cuadros de colores con figuras geométricas. Sí había una alfombra color azul que nunca había visto. Abrí la ventana y el ruido de las bisagras sonaron más a una raspadura en el suelo que a un chillido. Afuera el patio era todo maleza, el viento sacudía los yuyos. Al salir escuché un ruido extraño que venía de la pieza de Florbela y Luriel, como algo que se caía al suelo, una botella o una jarra. Me quedé paralizado delante de la puerta. En aquel momento recordé que la primera vez que entré a esa casa, en la que todavía no estaba colocada la puerta y ni siquiera tenía techo, también me quedé paralizado. En aquel tiempo era como un laberinto de paredes con revoque grueso. Luriel iba adelante mío y me indicaba qué iba a ser cada lugar. Florbela estaba embarazada y casi nunca se sentía bien. Me acuerdo de ese recorrido por la casa y también me acuerdo de su alegría, una alegría que lo llevaba a moverse de manera atolondrada, señalar para allá, para acá. Todo lo que él decía era para una casa futura, una casa que todavía no era una casa. Cada tanto se daba vuelta y, con una sonrisa tímida, me miraba fijo. En esa época yo creía que él, así como era de avasallante, no necesitaba de ninguna aprobación. Pero esa mañana, parado frente a la puerta de su pieza, en la casa que vivió sólo cuatro meses, me di cuenta de que lo único que buscaba aquel día era mi aprobación, pero no una aprobación cercana al elogio, sino una aprobación lisa y llana. También me acuerdo que cada vez que se daba vuelta para mirarme, yo le decía alguna que otra cosa más sobre el trabajo que habían hecho los albañiles, sobre lo que faltaba, que la terminación es lo que más tiempo lleva, que hay que estar encima para que se haga bien, pero nada sobre lo orgulloso que me ponía verlo alegre, entusiasmado. Quizás tendría que habérselo dicho. Hijo, esta es la casa ideal para ustedes, es una casa muy bien pensada, y la más linda del mundo. Aquel día él entró a lo que iba a ser su habitación y comenzó a explicarme porqué iba a dejar un ventanal tan grande, que Florbela quería despertarse, abrir la ventana y ver el patio, y si tenía ganas poder salir por ahí nomás, no dar toda la vuelta. Yo sólo asentí. ¿Qué te parece?, me preguntó. Le hablé de lo difícil que iba a ser que le hicieran bien una abertura de ese tamaño y que anduviera sin problemas, que no se trabara, y de nuevo, nada le dije de su alegría ni tampoco de su generosidad. Y justo cuando iba a entrar a la pieza él me dijo: ¿viste ese ciervo? Ahí fue que me quedé paralizado en el mismo lugar donde me paralicé después: ¿qué?, le pregunté. Ese ciervo que pasó ahí, me dijo. Yo miraba hacia el mismo lugar que miraba él y no había visto nada de nada, en aquel tiempo sólo estaba en el medio del patio la laranjeira que a último momento decidieron no cortar. Él se dio vuelta y me dijo que no con la cabeza y miró hacia el piso de tierra. El ruido de algo que se rompía, el recuerdo de la casa sin terminar y la alegría de Luriel hicieron que no abriera la puerta. Ahí nomás me di vuelta y salí.

En el último cumpleaños de Yamandú le regalé una mesa para dibujar. La hice con el fresno que se me murió a finales de ese verano, estaba plantado frente a la callecita, y llegó a tener doce metros de altura. Cuando se lo dejé en el living, él se sentó adelante y apoyó la cabeza contra la mesa. Estuvo así varios minutos.

Luriel y mamá están juntos en el cementerio nuevo, bien al fondo. A papá lo encontré, después de ir y venir, casi a la entrada. En el cementerio del pueblo, papá y mamá estaban uno al lado del otro. En el cementerio nuevo están separados, de la misma manera que vivieron los últimos seis años de sus vidas.

Un mataojo.
   Un tajý.
   Un paraíso.

Luriel camina hacia la cámara con cara de enojado. Está lejos y viene lento. Son varios segundos hasta que se para muy cerca de la cámara y empieza a gritar, el vidrio se empaña y Luriel se transforma en un aura blancuzca hasta que la manga a cuadrillé de mi camisa la limpia, para ver muy clarito cómo él se da vuelta y sale corriendo para el mismo lado que vino. Antes de cortar se tropieza y se cae de boca. Aquel día Luriel perdió los dos dientes grandes de adelante y la sangre le hizo una mancha enorme en el guardapolvo blanco.

El mismo día que volví de su casa, y después de trabajar en la carpintería, de dormir la siesta, controlar cómo estaban los árboles que quedaban vivos, el ñangapirí, la jurema y el aguaribay, y comer algo a todo raje cerca de las diez y media de la noche, cuando ya me preparaba para acostar, sentí que alguien andaba alrededor de la casa rodante. Primero fueron unos pasos, después sentí que golpeaban debajo de la ventana grande. Hasta ese momento, no eran de pasarme esas cosas acá. Salí con cuidado, algo nervioso. A simple vista no vi nada. Di lentamente una vuelta alrededor de la casa rodante y sólo escuché el viento fuerte sobre los árboles. Nunca soplaba durante tanto tiempo, menos de esa manera. Pero justo antes de volver a entrar, miré hacia la carpintería y alcancé a ver, gracias a la luna llena, una especie de mancha que se escurría por entre el curupí y uno de los aromitos. Nunca supe qué fue. Me quedé esperando a ver si aparecía de nuevo, pero nada. Entré a la casa rodante y de repente sentí como un impulso, porque no sé cómo llamar a lo que me pasó, me levanté, me

vestí y sin pensarlo demasiado volví al pueblo. No sé
a qué, pero volví. Entré a la casa y, aunque esa luna
llena iluminaba mucho, adentro era sólo oscuridad.
Igual, alcancé a ver que todo estaba como cuando me
fui. Desde el pasillo volví a sentir el ruido fuerte del
viento. Entré a la pieza donde había dormido una vez
y vi por la ventana que no era igual al viento de la
mañana, sino que parecía venir desde arriba, desde el
cielo o de más lejos aún, porque aplastaba la maleza
hasta hundirla en la tierra. También la luna le daba
otro color. Caminé hasta la pieza. A la mañana me
había quedado paralizado frente a la puerta, pero esa
vez fui decidido a entrar. Llegué, y al abrirla encontré
sentada en el borde de la cama a una gurisa. Miraba
hacia afuera por el ventanal. La luz de la luna caía
sobre la cama como un rayo. Ella pareció no adver-
tir que yo había abierto la puerta. El jardinero y la
remera que tenía puesto eran amarillos. ¿Será ella?,
me dije. La última vez que la había visto era su tercer
cumpleaños, le regalé una casita para sus muñecas
que hice con retazos de un paraíso y que nunca se la
vi usar. En aquel tiempo era gringuita, muy diferente
de ahora. Cerré la puerta lo más que pude, dejé una
rendija finita, y miré. Por la ventana se veía el patio:
en el medio seguía la laranjeira, el único árbol que
sobrevivía en el pueblo, estaba repleto de frutos de

color plateado que resplandecían en la oscuridad. La maleza era igual a la que había visto por las ventanas de las piezas, el viento también la hundía en la tierra. Me quedé quieto y miré a la gurisa en silencio. En un instante el pelo rubio junto a la ropa amarilla refuciló y ya no la vi más. Al ratito reapareció, aunque seguí sin poder verle la cara. Y dijo: papá. Miré hacia afuera, el ventanal abierto, la maleza hundida en la tierra, la laranjeira en el medio del patio, repleta de frutos plateados que resplandecían. Dijo de nuevo papá, pero un poco más fuerte. Nada. Insistió: papá, dijo más fuerte aún, casi con un grito. Ahí recién escuché el ruido de una lata cayendo al piso, más allá del ventanal. Después unas pisadas, y no supe qué hacer, si cerrar del todo la puerta y salir de la casa, o quedarme hasta que el padre de la gurisa apareciera. Las pisadas sonaban, pero no parecían acercarse. Venían lentas. Papá, dijo ella de nuevo, y recién ahí se escuchó: voy, mia filha. La voz me resultó conocida. Pero no era de un hombre, sino de una de mujer. Una voz fina y ronca. Nien, a papá, dijo la gurisa. Vi una sombra delgada en la parte derecha del ventanal. Ahí cerré un poco más la puerta, sin dejar de ver. Enseguida apareció una mujer alta, de tez marrón oscura y bien rubia, tan flaca que en los huesos de la clavícula se le formaban dos pozos enormes. Se paró frente a la puerta abierta del ventanal y dijo: tu pai se foi, filha, mas ya va voltar, hay que fazer tiempo. Miró hacia la puerta donde yo estaba y entrecerró los ojos, dio un paso hacia adelante, pero pareció arrepentirse. La gurisa se paró y fue la única vez que pensé en abrir la puerta y entrar para abrazarla, pero ella justo dijo: ¿Was fue eso? ¿O qué, onde? Eso que pasó in eile von ahí. ¿Por onde? Von ahí, dijo y señaló hacia afuera. Como miraban hacia el patio, yo abrí un poco más la puerta y también miré, y no vi nada más que la laranjeira repleta de frutos plateados que no paraban de resplandecer. Enseguida salieron apuradas. La escuché a la gurisa decir que era marrón, que se parecía a un caballo, pero era más chico y con las patas finitas y negras en las puntas, y que tenía ramas de árbol en la cabeza. Un ciervo, dije despacito. ¿Qué?, imposibel, mia filha, por aquí ya no andan mais animais, y menos que menos con galhos de árvores na cabeza. Se sonrió y le acarició el pelo. Vamos mais allá a esperar pelo pai, dijo y la abrazó antes de que se fueran caminando. Cuando ya no las pude ver más, cerré la puerta y me senté en el piso. Apenas unos segundos después escuché, de nuevo, el mismo estruendo de las veces anteriores, y también el mismo grito de mujer. Los mismos, pero mucho más cercanos. Esperé hasta que todo se calmó y de vuelta sentí el ruido del viento. Salí de la casa por donde había entrado, afuera seguía todo igual. Caminé ligero para salir del pueblo por la calle perpendicular a la del centro. El piso ya no era blando. En ese momento los pasos sonaban más ruidosos y duros que nunca, como si caminara sobre un mundo de acero, o algo así. Y al costado, para donde mirara, árboles resecos, árboles muertos, en pie, en el suelo. Cerré los ojos y pude sentir el fuego en el cuerpo, el fuego en el aire. Seguí caminando, pasé la muralla, crucé frente a la mansión de los Coria y al llegar a la casa rodante vi que las piedritas de los caminos brillaban. También vi que el viento ya no soplaba y que los árboles tenían una quietud sanadora.

La primera cinta que vi cuando puse la lámpara que me regaló Yamandú la saqué al azar. Luriel y yo estamos parados sin movernos frente a nuestra casa, al lado del ubajay. Se nota que esperamos una orden. La que filma es Mai. La casa tiene todavía los colores que habíamos elegido para pintarla cuando la compramos, verde agua, con las mochetas marrón clarito. En la filmación se puede ver, al costado de la puerta, el dibujo de un marciano que una vez hizo Luriel con la punta de un ladrillo y que estuvo todo un año ahí, hasta que recién la lluvia de tres días seguidos lo pudo borrar. Al final la orden llega y yo le hago piecito a Luriel y él se sube y se sienta en la horqueta alta que se forma en el árbol. Mira a la cámara, intenta contener la risa y empieza a balancearse para adelante y para atrás, hace que cabalga. Yo lo miro y extiendo los brazos hacia arriba y los sacudo, como si alentara al jinete de un caballo que vuela.

Al final, recién a principios de esta semana entraron con las topadoras y las bolas de acero. Desde ese día hay una nube de polvo que llega hasta acá. Yamandú cree que van a construir algo gigantesco, descomunal, aunque no sabe explicarme bien qué es lo que se va a hacer. De lo que sí está seguro es que le pondrán el mismo nombre que el pueblo.

Agradecimientos

A Patricia Mallarini, Analía Alonso, Cecilia Cravero y Sebastián Giovenale, por sus lecturas y sugerencias. A los queridos editores de El Gran pez, Sebastián Chilano y Esteban Prado. A mis hermanos Germán Parmetler y Mariano Quirós, por andar siempre cerca. A Malena Rey, por su generosidad esplendorosa.